La casa con un reloj en sus paredes

Título original: *The House with a Clock in Its Walls*

Primera edición: septiembre, 2018

D. R. © 1973, John Bellairs

D. R. © 2002, Suzanne Bellairs y Frank Bellairs, por la actualización del texto

Publicado por acuerdo con los autores mediante BARIR INTERNATIONAL, INC., Armonk, Nueva York

D. R. © 2018, derechos de edición mundiales en lengua castellana:
Penguin Random House Grupo Editorial, S. A. de C. V.
Blvd. Miguel de Cervantes Saavedra núm. 301, 1er piso,
colonia Granada, delegación Miguel Hidalgo, C. P. 11520,
Ciudad de México

www.megustaleer.com.mx

D. R. © 2018, Sara Cano, por la traducción

ISBN: 978-607-317-067-3

Impreso en México – *Printed in Mexico*

El papel utilizado para la impresión de este libro ha sido fabricado a partir de madera procedente
de bosques y plantaciones gestionadas con los más altos estándares ambientales, garantizando
una explotación de los recursos sostenible con el medio ambiente y beneficiosa para las personas.

Penguin
Random House
Grupo Editorial

La Casa
con un
Reloj
en sus
Paredes

Traducción de Sara Cano

ALFAGUARA

Un golpe en la noche...

Lewis salió a hurtadillas de la cama. Lo más lenta y cuidadosamente que pudo, fue de puntitas hasta la puerta. La abrió, igual de lenta y cuidadosamente. No la abrió mucho. Sólo una rendija. Se asomó.

El pasillo estaba oscuro, salvo por un resplandor grisáceo que venía de una ventana al fondo. Pero Lewis oyó algo moverse. Y entonces vio que el tenue círculo de luz clara del haz de una linterna se deslizaba sobre el papel tapiz. Asustado, Lewis cerró la puerta y luego volvió a abrir otra rendijita. La linterna se había apagado. Entonces, la silueta con la linterna estampó su puño contra la pared, con fuerza. Lewis oyó pequeños trozos de yeso cayendo en el espacio que había entre las paredes. La silueta golpeó de nuevo, y una vez más...

Para Priscilla, que me deja ser yo mismo

CAPÍTULO UNO

Lewis Barnavelt retorció y secó sus palmas sudorosas en el asiento del autobús que rugía hacia New Zebedee. Transcurría el año 1948 y era una cálida y ventosa noche estival. Afuera, al menos. Lewis veía los árboles tenuemente iluminados por la luna mecerse con suavidad al otro lado de su ventana, cerrada como el resto de ventanas del autobús.

Se miró los pantalones de pana morada, de esos que hacen frufrú cuando caminas. Levantó la mano y se la pasó por el pelo, peinado con raya en medio y relamido con cera para cabello de la marca Wildroot. Ahora le había quedado la mano grasienta, así que se la volvió a limpiar en el asiento. Movía los labios pronunciando una oración. Era una de sus oraciones de monaguillo.

Quia tu es Deus fortitudo mea; quare me repulisti, et quare tristis incedo, dum affligit me inimicus?

Siendo tú, oh, Dios, mi fortaleza, ¿cómo me siento yo desamparado y por qué me hallo triste al verme importunado por mi enemigo?

Trató de recordar más oraciones, pero lo único que le
vino a la mente fue otra pregunta:

Quare tristis es anima mea, et quare conturbas me?
¿Por qué penas, oh, alma mía, y por qué me afliges?

Lewis tenía la sensación de que lo único en lo que pensaba
últimamente eran preguntas: ¿A dónde voy? ¿A quién
conoceré? ¿Me caerá bien? ¿Qué me va a pasar?

Lewis Barnavelt tenía diez años. Hasta hacía muy poco
había vivido con sus padres en una pequeña ciudad cerca de
Milwaukee. Pero una noche su padre y su madre murieron
repentinamente en un accidente de coche, y ahora Lewis
se dirigía a New Zebedee, la sede del condado de Capharnaum, en el estado de Michigan. Iba a vivir con su tío
Jonathan, a quien no había visto en su vida. Por supuesto,
Lewis había oído algunas cosas sobre el tío Jonathan, como
que fumaba y bebía y jugaba pókar. No eran cosas demasiado terribles para una familia católica, pero Lewis tenía
dos tías solteras que eran bautistas y le habían advertido
sobre Jonathan. Esperaba que sus advertencias resultaran
innecesarias.

Mientras el autobús tomaba una curva, Lewis miró su
reflejo en la ventana que había junto a su asiento. Vio un
rostro regordete de mejillas lustrosas y con aire despistado.
El rostro movía los labios. Lewis estaba recitando de nuevo
sus oraciones de monaguillo, esta vez con la esperanza de
agradar a su tío Jonathan. *Judica me Deus*… Júzgame, oh,
Dios… No, no me juzgues: ayúdame a vivir una vida feliz.

Eran cinco para las nueve cuando el autobús se detuvo frente a la farmacia Heemsoth's Rexall, en la ciudad de New Zebedee. Lewis se levantó, se secó las manos en los pantalones y jaló la enorme maleta de cartón que colgaba del borde del portaequipajes metálico. El padre de Lewis había comprado esa maleta en Londres al final de la Segunda Guerra Mundial. Estaba forrada de calcomanías arrugadas y desvaídas de la naviera Cunard Line. Lewis tiró con fuerza y la maleta se precipitó sobre su cabeza. Retrocedió tambaleándose por el pasillo, con la maleta alzada peligrosamente en el aire. Entonces se sentó de repente y la maleta aterrizó en su regazo con un golpe seco.

—¡Oh, vamos! ¡No te mates antes de que tengamos oportunidad de conocernos!

Ahí, en el pasillo, había un hombre con una poblada barba pelirroja veteada de blanco en varias zonas. La protuberante barriga le abultaba los pantalones color caqui marca Big Mac frente al cuerpo, y llevaba un chaleco rojo con botones dorados sobre una camisa azul de trabajo. Lewis se fijó en que el chaleco tenía cuatro bolsillos: de los dos superiores asomaban limpiapipas, y entre los dos inferiores colgaba una cadenita hecha con clips. Un extremo de la cadena estaba enganchado a la ruedecilla con la que se daba cuerda a un reloj dorado.

Jonathan van Olden Barnavelt se sacó la pipa humeante de la boca y le tendió la mano.

—Hola, Lewis. Soy tu tío Jonathan. Te reconocí por una foto que me mandó una vez tu padre. Bienvenido a New Zebedee.

Lewis le estrechó la mano y se fijó en que Jonathan tenía el dorso cubierto por una mullida mata de vello rojizo. El manto de vello subía por la manga y desaparecía. Lewis se preguntó si todo su cuerpo estaría cubierto por aquel pelo rojo.

Jonathan sopesó la maleta y bajó los peldaños del autobús.

—Dios santo, ¡pero qué monstruo! ¡Debería tener ruedas en la base! ¡Uf! ¿Le metiste unos cuantos ladrillos de tu casa? —Lewis se puso tan triste ante la mención de su casa que Jonathan decidió cambiar de tema. Se aclaró la garganta y dijo—: Bueno, pues como iba diciendo, bienvenido al condado de Capharnaum y a la hermosa New Zebedee, villa histórica. Seis mil habitantes, sin contar…

En las alturas, una campana empezó a dar la hora.

Jonathan se quedó callado. Clavado en el sitio. Soltó la maleta y dejó caer los brazos flácidos a ambos lados del cuerpo. Asustado, Lewis lo miró. Jonathan tenía los ojos vidriosos.

La campana siguió tañendo. Lewis alzó la vista. El sonido procedía de una alta torre de ladrillo que se erigía al otro lado de la calle. Los arcos del campanario componían una boca abierta en un aullido y dos ojos expectantes. Bajo la boca había un enorme reloj con números de hierro.

Tolón. Otro tañido. Era una cavernosa campana de hierro, y el sonido hizo que Lewis se sintiera indefenso y desesperanzado. Campanas como aquella siempre lo hacían sentir así. Pero ¿qué le pasaba al tío Jonathan?

El tañido cesó. Jonathan salió de su trance. Sacudió la cabeza convulsivamente y, con un movimiento vacilante, se llevó la mano a la cara. Sudaba profusamente. Se enjugó la frente y las mejillas chorreantes.

—Mmm… ¡Ja! ¡Grmmf! ¡Ay! Lo siento, Lewis… Acabo…, acabo de recordar que dejé la tetera hirviendo en el fuego. Siempre pierdo el hilo cuando recuerdo algo que había olvidado, *o al verrés*. Seguro que el fondo de la olla ya se echó a perder. Vamos. Pongámonos en marcha.

Lewis miró intensamente a su tío, pero no dijo nada. Los dos echaron a andar juntos.

Salieron de Main Street, fuertemente iluminada, y poco después bajaban trotando a buen paso por una avenida flanqueada por árboles llamada Mansion Street. Las ramas suspendidas convertían Mansion Street en un largo túnel crepitante. La luz de las farolas se extendía a lo lejos. Mientras caminaban, Jonathan le preguntó a Lewis qué tal le iba en el colegio y si sabía cuál era el promedio de bateo de George Kell aquel año. Le dijo que tendría que hacerse fan de los Tigers ahora que vivía en Michigan. Jonathan no volvió a quejarse de su maleta, pero se detuvo bastantes veces para apoyarla en el suelo y flexionar los dedos de la mano enrojecida.

Lewis tuvo la sensación de que Jonathan alzaba el tono de voz en la oscuridad entre farola y farola, aunque Lewis no sabía por qué. Se supone que los adultos no le tienen miedo a la oscuridad y, de todas maneras, aquella no era una calle oscura y solitaria. Había luz en la mayoría de las casas y Lewis oía a gente riendo y hablando y cerrando puertas. Su tío era, sin duda, un tipo raro, pero raro en el buen sentido.

Jonathan se detuvo en el cruce entre Mansion Street y High Street. Apoyó la maleta delante de un buzón en el que se leía «SÓLO PARA RECEPCIÓN DE CORREO».

—Vivo en lo alto de la colina —dijo Jonathan, señalando la cima.

High Street[1] hacía honor a su nombre. Y por allí subieron, encorvados y arrastrando lentamente los pies. Lewis le preguntó varias veces a Jonathan si quería que llevara la maleta, pero todas las veces Jonathan respondió que no, gracias, que él podía. Lewis empezó a arrepentirse de haber traído consigo tantos libros y soldaditos de plomo.

Cuando llegaron a lo alto de la colina, Jonathan soltó la maleta. Sacó un pañuelo rojo y se enjugó la cara con él.

—Bueno, pues aquí es, Lewis. El capricho de los Barnavelt. ¿Qué te parece?

Lewis lo miró.

Vio una mansión de tres pisos con una alta torreta al frente. La casa entera estaba iluminada: el piso de abajo, el de arriba y el de más arriba. Había luz incluso en el ventanuco ovalado que se abría, como un ojo, en la pendiente de tejas que remataba la parte superior de la torreta. En el jardín, frente a la casa, se erigía un enorme castaño. La cálida brisa estival hacía susurrar sus hojas.

Jonathan estaba de pie, en postura de descanso militar, con las manos a la espalda y las piernas separadas.

---

[1] Calle Alta. *(N. de la T.)*

—¿Qué te parece, Lewis? ¿Eh? —volvió a preguntar.

—¡Me encanta, tío Jonathan! Siempre he querido vivir en una mansión… ¡y vaya mansión es ésta!

Lewis se acercó a la ornamentada reja y tocó una de las borlas de hierro que discurrían en hilera por la parte superior. Se quedó mirando la señal que rezaba «100» con cristales reflectantes de color rojo.

—¿Es de verdad, tío Jonathan? La casa, quiero decir.

Jonathan se quedó mirándolo extrañado.

—Sí…, sí… Sí, claro que lo es. Es de verdad. Vamos adentro.

Jonathan levantó el lazo hecho con un cordón de zapato que mantenía la reja cerrada. La reja chirrió y Lewis comenzó a subir hacia la casa. Jonathan lo seguía de cerca, arrastrando la maleta. Fueron hasta los peldaños de la entrada. El vestíbulo principal estaba a oscuras, pero había luz al fondo. Jonathan dejó la maleta en el suelo y le pasó el brazo a Lewis alrededor de los hombros.

—Vamos. Entremos. No seas tímido. Ahora es tu casa.

Lewis recorrió el largo pasillo. Le pareció eterno. Al llegar al extremo opuesto, salió a una estancia inundada de luz amarilla. En las paredes había cuadros con gruesos marcos bañados en oro; una repisa cubierta por un disparatado surtido de baratijas; una gran mesa redonda en el centro de la estancia y, en una esquina, una mujer de cabello cano vestida con un holgado vestido púrpura. Estaba de pie, con la oreja pegada a la pared, escuchando.

Lewis se detuvo y se quedó mirándola. Se sentía avergonzado. Era como si acabara de descubrir a alguien haciendo algo que no debería estar haciendo. Creía que Jonathan y él habían hecho bastante ruido al entrar, pero estaba claro que la mujer, fuera quien fuera, se había sorprendido cuando él entró en la estancia. Sorprendido y avergonzado, como él mismo.

En ese momento se enderezó, se alisó el vestido y dijo alegremente:

—Vaya, hola. Soy la señora Zimmermann. Vivo en la casa de al lado.

Lewis se encontró contemplando uno de los rostros más arrugados que había visto en su vida. Pero los ojos eran amables y todas las arrugas que tenía eran marcas de expresión. Le estrechó la mano.

—Florence, él es Lewis —dijo Jonathan—. Recordarás que Charlie escribía sobre él. El autobús llegó a tiempo, para variar. Deben de haber emborrachado al conductor. ¡Oye! ¿Me has estado robando monedas?

Jonathan se acercó a la mesa. Entonces, Lewis se fijó en el mantel de cuadros rojos y blancos cubierto de montoncitos y pilas de monedas. Todo tipo de monedas, la mayoría extranjeras. Monedas de Arabia, con forma de rosquilla y nudos de boy scout en el perímetro; un montoncito de monedas de bronce de un marrón oscuro, todas ellas acuñadas con la imagen de un hombre calvo con un bigote en forma de manubrio. Había grandes peniques ingleses que mostraban a la reina Victoria con diferentes grados de papada, y diminutas monedas de plata no mucho mayores que una uña. Había un dólar de plata mexicano con forma de huevo, y también una moneda romana de verdad, cubierta de óxido verde. Pero la mayoría, amontonadas en dorados montoncitos brillantes, eran monedas de cobre en las que aparecía impreso: «Bon pour un franc». A Lewis le gustó la frase. Y, como no sabía ni una palabra de francés, su mente la retorció hasta convertirla en «Bombón para Frank».

—No, no te he robado ninguno de tus valiosísimos doblones de pacotilla —dijo la señora Zimmermann, en tono molesto—. Sólo estaba poniendo los montoncitos derechos. ¿De acuerdo, Cabeza Hueca?

—Poniendo los montoncitos derechos. Ésa ya me la sé, cara de bruja. Pero da igual, porque ahora vamos a tener que dividir las monedas en tres partes. Juegas pókar, ¿verdad, Lewis?

—Sí, pero mi padre no me... —se detuvo. Jonathan vio las lágrimas en sus ojos. Lewis ahogó un sollozo y continuó—: Mi..., mi padre no me habría dejado apostar.

—Ah, pero nosotros no apostamos —dijo la señora Zimmermann, riendo—. Si lo hiciéramos, esta casa y todo lo que hay en ella ya me pertenecería.

—Caramba, sí lo creo —dijo Jonathan, barajando las cartas y expulsando nubecitas de humo por su pipa—. Vaya que sí. Repártelas, vejestorio. ¿No? Bueno, pues cuando estés lista, vamos a jugar a que quien reparte elige, y el primero en repartir soy yo. Pero nada de juegos de viejas, nada de «Escupe por la ventana» ni de «El camisón de Johnny». Mano de cinco cartas. Nada de azar —dio un par de caladas más. Estaba a punto de repartir la primera mano cuando de pronto paró y miró a la señora

Zimmermann con una sonrisa traviesa—. Ah, por cierto —dijo—, podrías traerle a Lewis un vaso de té helado, y servirme más a mí. Sin azúcar. Y trae también otro plato de galletas con trocitos de chocolate.

La señora Zimmermann se levantó y entrelazó las manos servicialmente frente a ella.

—¿Y cómo le gustan las galletas, caballero? ¿Embutidas por el gaznate, una a una, o desmigajaditas y esparcidas por el cuello de la camisa?

Jonathan le sacó la lengua.

—No le hagas ni caso, Lewis. Se cree muy lista porque tiene más diplomas universitarios que yo.

—Sería más lista que tú aunque no los tuviera, Barba de Chivo. Disculpen, amigos. Vuelvo en un minuto —se dio media vuelta y entró en la cocina.

Jonathan repartió una mano de prueba mientras ella no estaba. Cuando Lewis cogió las cartas, se fijó en que eran viejas y estaban muy desgastadas. A la mayoría le faltaban las esquinas. Pero en el dorso azul de todas y cada una de ellas había un sello dorado, con una lámpara de Aladino en el centro. Por encima y por debajo del sello, se leían las palabras:

CONDADO DE CAPHARNAUM
ASOCIACIÓN DE MAGOS

La señora Zimmermann volvió con las galletas y el té helado, y la partida empezó de verdad. Jonathan recogió las cartas y partió con un ¡zzzzit! de lo más profesional.

Barajó y empezó a repartir. Lewis sorbió su té helado y se sintió muy cómodo, muy en casa.

Jugaron hasta la medianoche. Para entonces, Lewis sólo veía puntos rojos y negros frente a los ojos. El humo de la pipa flotaba en estratos sobre la mesa y se elevaba en una columna desde la sombra de la lámpara de pie. Conseguía que la lámpara pareciera mágica, como la del dorso de los naipes. Y hubo otra cosa mágica en la partida. Lewis ganó. Ganó un montón de veces. Por lo general, tenía una suerte pésima, pero en aquella partida consiguió corridas, flores imperiales, pókar. No siempre, pero las veces suficientes como para ganar de manera constante.

Tal vez se debiera a que Jonathan era un jugador pésimo. Lo que había dicho la señora Zimmermann era, sin duda, verdad. Cada vez que Jonathan tenía una mano buena, resoplaba y se aguantaba la risa y echaba humo por ambas comisuras de la boca. Cuando tenía una mano mala, se enfurruñaba y mordisqueaba la boquilla de la pipa con impaciencia. La señora Zimmermann era una jugadora experimentada, capaz de engañarte con un par de doses, pero aquella noche no le estaban saliendo buenas cartas. Tal vez por eso estaba ganando Lewis. Tal vez. Pero tenía sus dudas.

Por una parte, habría podido jurar que una o dos veces, cuando extendía la mano para darle la vuelta a una carta que acababan de repartirle, el naipe había cambiado. Había cambiado —así, sin más— mientras lo levantaba. Esto nunca pasaba cuando repartía Lewis, pero sí cuando lo hacían Jonathan o la señora Zimmermann. Y, más de una vez, había estado a punto de descartar una mano para, después de echarle un segundo vistazo, descubrir que la mano era buena. Era raro.

El reloj de la repisa de la chimenea se aclaró la voz con un chirrido y empezó a tocar la medianoche.

Lewis lanzó una mirada fugaz a su tío Jonathan, que estaba allí sentado, completamente sereno, dándole caladas a su pipa. ¿O tal vez no estuviera tan sereno? Parecía esperar escuchar algo…

El resto de relojes de la casa se unieron al de la repisa de la chimenea. Lewis se quedó sentado, embelesado, escuchando los agudos dindones, los leves tictacs, el melodioso sonido de timbres eléctricos, los cucús de los relojes de cuco y los profundos y siniestros gongs chinos que rugían: gong, gong. Aquellos y muchos otros sonidos de reloj reverberaban por toda la casa. De vez en cuando, durante el concierto, Lewis miraba a Jonathan. Pero Jonathan no le devolvía la mirada. Tenía la vista clavada en la pared, sus ojos volvían a tener aquel aspecto vidrioso. La señora Zimmermann estuvo todo el rato sentada, con los ojos fijos en el mantel.

El último reloj que sonó fue el reloj de pie del despacho. Hacía el mismo ruido que un arcón lleno de platos de hojalata cayendo lenta y solemnemente por un tramo de escaleras. Cuando dejó de sonar, Jonathan alzó la vista.

—Mmm… Sí. ¿Dónde estábamos? Bueno, Lewis, ya es medianoche, ¿no? La partida ha terminado. Hora de irse a la cama.

Jonathan se apresuró a despejar la mesa. Recogió los naipes, los colocó de nuevo en la baraja y les puso una goma elástica alrededor. ¡Flap! Entonces metió una mano debajo de la mesa y sacó una caja de hojalata roja con caramelos que tenía una foto del juzgado del condado de New Zebedee en la tapa. Echó las moneditas tintineantes en el interior de la caja, cerró la tapa con un chasquido, echó la silla hacia atrás, sacudió la pipa contra un platillo y entrelazó las manos sobre el regazo.

—Bueno, ¿y qué te parece el número 100 de High Street, Lewis?

—Creo que es fantástico, tío Jonathan. Me gusta la casa, me gusta la ciudad, y ustedes dos me caen muy bien.

Lewis no mentía. A pesar del extravagante comportamiento de Jonathan y la costumbre de espiar de la señora Zimmermann, la había pasado muy bien durante su primera noche en New Zebedee. De hecho, durante la mayor parte de la noche le había costado muchísimo no ponerse a dar saltos en la silla. Siempre le habían dicho que era de mala educación hacerlo estando en compañía.

Jonathan llevó la maleta de Lewis al piso de arriba y Lewis pudo echarle un primer vistazo a su nueva habitación. Había una cama negra y alta, con dos postes que sostenían un dosel en la cabecera y otros dos al pie. En la esquina había un espejo negro que hacía juego con la cama y a su lado una chimenea de mármol negro, con un reloj negro en forma de ataúd sobre la repisa. En lo alto de una pared había una alta estantería con puertas de cristal y llena de libros viejos, y encima de la librería había un jarrón con espadañas. En el centro del suelo había una enorme alfombra bordada. A Lewis, el patrón le recordó el mapa de los Estados Unidos, un mapa de Estados Unidos hecho por una persona demente. A muchos niños les habría echado para atrás la oscuridad de los muebles de madera de la anticuada habitación, pero a Lewis le encantó. Se imaginaba que aquel sería el tipo de habitación en la que dormiría Sherlock Holmes.

Lewis se puso la pijama, la bata y las pantuflas, y fue arrastrando los pies por el pasillo hasta el baño. Cuando volvió, se dio cuenta de que Jonathan acababa de prender la lumbre en su chimenea.

Jonathan se levantó y se sacudió las ramitas del chaleco.

—Ah, Lewis, ¡sí estás ahí! ¿Necesitas algo más?

—Pues, no, creo que no, tío Jonathan. Esta habitación es fantástica. Siempre había querido tener una habitación con chimenea.

Jonathan sonrió. Se acercó a la mesita de noche y encendió la luz de lectura.

—Lee hasta la hora que quieras esta noche, Lewis. Acuérdate de que el colegio empieza hasta dentro de tres semanas.

—No sé si leeré mucho después de todo lo que hemos jugado —dijo Lewis, bostezando—. Pero gracias de todas maneras. Buenas noches, tío Jonathan.

—Buenas noches, Lewis.

Jonathan empezó a cerrar la puerta, pero se detuvo.

—Ah, por cierto, Lewis. Espero que los relojes te dejen dormir. Son un poco escandalosos, pero…, bueno, me gustan. Buenas noches —cerró la puerta.

Lewis se quedó allí plantado, con una expresión sorprendida en el rostro. En aquella casa pasaba algo y no terminaba de entender qué era. Pensó en cómo Jonathan se había quedado paralizado mientras tañía el reloj en el campanario de la iglesia, pensó en cómo la señora Zimmermann escuchaba junto a la pared. Era extraño.

«Bueno, qué le vamos a hacer —pensó, encogiéndose de hombros—. A veces, la gente es rara.» Lewis se metió en la cama y apagó la luz. Pocos minutos después, volvió a encenderla. Se dio cuenta de que seguía tenso, emocionado y completamente despierto.

Salió de la cama y se acercó a la estantería de bambú, con pinta de frágil, que había al lado de la puerta del armario. ¡Cuantísimos libros viejos y polvorientos! Sacó uno y le quitó la suciedad con la manga. Las desvaídas letras doradas del lomo de bucarán negro decían:

JOHN L.
STODDARD
CONFERENCIAS
VOL. IX
ESCOCIA
INGLATERRA
LONDRES

Lewis abrió el libro y hojeó sus suaves y lustrosas páginas. Se lo acercó a la nariz. Olía a talco marca Old Spice. Los libros que olían así solían ser divertidos de leer. Lanzó el libro a la cama y fue hasta su maleta. Después de revolver un rato su contenido, sacó una larga y estrecha caja de caramelos de menta recubiertos de chocolate. Le encantaba comer dulces mientras leía. En su casa, la mayor parte de sus libros favoritos tenían manchas marrones en las esquinas de las páginas.

Pocos minutos después, Lewis estaba sentado en la cama, con los almohadones colocados detrás de la cabeza. Leía sobre cómo los nobles escoceses habían asesinado al pobre Rizzio delante de María, reina de Escocia. Stoddard comparaba a Rizzio con una aterciopelada ciruela morada que, al explotar, lanzaba su jugo en todas direcciones. Los nobles arrastraron al pobre hombre, que gritaba y pataleaba, hasta un pasillo, donde siguieron apuñalándolo durante un rato. Cincuenta y seis veces, decía Stoddard, aunque no mencionaba quién había contabilizado las puñaladas. Lewis pasó la página y mordió un chocolate mentolado. Ahora Stoddard estaba hablando sobre la persistencia de las manchas de sangre, y se preguntaba si la que había en el suelo del pasillo de Holyrood sería realmente la sangre de Rizzio o no. Lewis empezó a bostezar. Apagó la luz y se echó a dormir.

Pero algo lo despertó —bastante repentinamente— poco después. Estaba soñando que la reina de picas lo perseguía. Entonces se incorporó en la cama, completamente despierto. Estaba asustado y no sabía por qué.

Cric, cric. Alguien caminaba de puntitas por el pasillo.

Lewis se sentó y escuchó. Ahora distinguía el sonido al otro lado de su puerta. Ahora volvía a alejarse por el pasillo. Cric, cric, cric.

Lewis salió a hurtadillas de la cama. Lo más lenta y cuidadosamente que pudo, fue de puntitas hasta la puerta. La abrió, igual de lenta y cuidadosamente. No la abrió mucho. Sólo una rendija. Se asomó.

El pasillo estaba oscuro, salvo por un resplandor grisáceo que venía de una ventana al fondo. Pero Lewis oyó algo moverse. Y entonces vio que el tenue círculo de luz clara del haz de una linterna se deslizaba sobre el papel pintado. Asustado, Lewis cerró la puerta y luego volvió a abrir otra rendijita. La linterna se había apagado. Entonces, la silueta con la linterna estampó su puño contra la pared, con fuerza. Lewis oyó pequeños trozos de yeso cayendo al espacio que había entre las paredes. La silueta golpeó de nuevo, y una vez más. Lewis observó con atención y abrió la puerta un poco más.

Ahora el lúgubre intruso estaba retrocediendo y Lewis vio que una sombra corpulenta se recortaba contra la ventana del pasillo. Una sombra corpulenta y barbuda, con una pipa en la boca. ¡Jonathan!

Lewis cerró la puerta lo más suave que pudo y se apoyó contra ella, temblando. Esperaba que Jonathan no lo hubiera visto. Por la cabeza le pasó un pensamiento horrible. ¿Estaba loco Jonathan?

Lewis fue hasta el sillón orejero que había junto a la chimenea y se sentó en él. Contempló cómo los negros panales de abeja se deshacían en profundos pozos rojos. ¿Y si Jonathan estaba loco? Sus padres siempre lo habían prevenido contra la gente demente, contra los locos que intentaban que te acercaras a su coche y que te ofrecían caramelos rellenos de pegamento. ¿O no era pegamento? No se acordaba. Aunque la verdad es que Jonathan no parecía ser de ese tipo de persona. Ni del tipo de persona que se mete en tu habitación por la noche y te apuñala hasta matarte. Lewis suspiró. Tendría que esperar y ver qué pasaba.

Volvió a la cama. Tuvo un sueño en el que Jonathan y él corrían en círculos alrededor de una manzana donde estaba la iglesia: la iglesia que tenía un campanario con cara de monstruo. Todas las casas de la manzana estaban iluminadas, pero no podían esconderse en ninguna de ellas. Algo alto, oscuro e informe los seguía. Al final se detenían frente a la iglesia y la torre empezaba a bambolearse como si fuera de goma. El rostro aullante se acercaba más y más… Y, entonces, el sueño cambiaba. Lewis estaba sentado en una habitación llena de moneditas relucientes. Dejó que discurrieran tintineando por entre sus dedos hasta que se hizo de día.

CAPÍTULO DOS

Lewis se despertó al día siguiente dándole vueltas en la cabeza a los confusos recuerdos de la noche anterior. En general, su impresión era de felicidad, a pesar de las cosas oscuras que acechaban en los márgenes de la imagen.

Se vistió, se dirigió al piso de abajo y encontró a Jonathan y a la señora Zimmermann desayunando. Parecía que la señora Zimmermann iba siempre a prepararle el desayuno a Jonathan, porque a él se le daba fatal cocinar. Bueno, a Lewis le parecía bien. Se sentó a desayunar *hot cakes* y salchichas, y poco después ya estaba fantaseando con cómo invertir las tres semanas de libertad de que disponía antes de empezar clases.

Lewis no tardó mucho en descubrir que tres semanas no eran suficientes para explorar la ciudad de New Zebedee y la casa del número 100 de High Street. En tres semanas, apenas podía comenzar a hacer todo eso.

Para empezar, la ciudad era maravillosa. De ese tipo de lugares donde siempre había querido vivir. La antigua ciudad de Wisconsin en la que Lewis había vivido hasta entonces tenía pinta de haber sido construida el día anterior: todas las casas eran del mismo tamaño y la calle principal no era más que una hilera de bares y gasolineras. New Zebedee era distinta. Estaba llena de altas casas antiguas, profusamente decoradas. Hasta las típicas casas blancas de madera y tejado a dos aguas tenían elementos que las distinguían: una ventana con vidrieras, o un buqué de flores de hierro en lo alto de una cúpula. Y muchas de ellas parecían ocultar secretos.

Jonathan llevó a Lewis a dar unos cuantos paseos por la ciudad, pero la mayoría de las veces dejaba que la explorara solo. A veces, Lewis se limitaba a recorrer Main Street de arriba abajo y a contemplar las altas e intrincadas fachadas falsas de las tiendas. Una de ellas tenía una ópera abandonada en uno de los pisos superiores. Jonathan decía que las viejas escenografías seguían allí arriba, amontonadas junto a cajas de chocolates Mound y portapapeles de cinco céntimos. En un extremo de Main Street estaba el monumento a la guerra civil, un fantástico objeto de piedra con forma de caballete de pintor. En cada una de las juntas y esquinas del caballete había un soldado o un marinero de pie, amenazando al ejército rebelde con un mosquete, una espada, una escobilla de cañón o un arpón. En la parte plana del caballete estaban grabados los nombres de los residentes del condado de Capharnaum que habían fallecido durante la guerra civil. Cerca del monumento había un pequeño arco de piedra que se llamaba «ANEXO DEL MONUMENTO A LA GUERRA CIVIL», porque contenía los nombres que los grabadores no habían podido incluir en el monumento grande por falta de espacio. El abuelo de Jonathan había combatido en la guerra con el Quinto Batallón de Lanceros de Fuego Zuavos de Michigan, y Jonathan tenía un montón de historias sobre las hazañas del anciano.

Y en lo que respecta a la casa del número 100 de High Street, era tan maravillosa o más que la ciudad, además de ser un tanto extravagante y bastante más que un poco terrorífica. Había un montón de habitaciones que explorar: las terceras mejores eran los salones que había en la parte delantera del piso superior, y las segundas mejores eran los dormitorios de la parte trasera —armarios donde se guardaba la ropa de cama y salones de juegos, así como habitaciones comunes y corrientes—. Algunas estaban vacías y llenas de polvo, pero otras estaban repletas de mobiliario viejo. Había muchas mesas de mármol, sillas tapizadas con ruedecitas chirriantes y tapetes clavados en los respaldos, y perdices disecadas bajo campanas de cristal. Cada habitación tenía su propia chimenea de mármol que parecía —dependiendo de la estancia— un queso azul o un helado con caramelo derretido o jabón de manos de color verde o leche con chocolate.

Una tarde, Lewis bajaba por la escalera trasera del ala sur de la mansión cuando vio una vidriera en la ventana de un rellano. La casa tenía bastantes ventanas con vidrieras. Lewis las encontraba en escaleras traseras como aquélla, o en cuartos de baño que nadie usaba y también al final de los pasillos. A veces, también las encontraba en el techo. Aquél ya lo había visto antes o, más bien, había visto otra ventana distinta en su lugar. Por eso se detuvo a contemplarlo.

Recordaba muy bien la otra ventana. Un gran vitral de forma ovalada, con un sol color rojo tomate que se ponía en un mar del color azul de las botellas de medicamento antiguas. El marco ovalado seguía allí, pero en su interior Lewis encontró un vitral en el que un hombre huía de un bosque. El bosque era de color ciruela y el césped bajo los pies del hombre, verde chillón. El cielo de la imagen era sinuoso, aceitoso, color marrón rojizo. A Lewis le recordó el barniz para muebles.

¿Qué le había pasado a la otra vidriera? ¿Jonathan se dedicaba a dar vueltas por la casa y a cambiarlos por las noches? Era bastante raro.

Otra cosa rara era el perchero del vestíbulo principal. Al principio, Lewis pensó que no era más que un perchero normal y corriente. Medía casi metro ochenta y tenía un espejito redondo en la parte delantera. Tenía ganchos para colgar abrigos y sombreros, y disponía de un pequeño compartimento de madera en la parte delantera para guardar las botas de lluvia. Parecía de lo más ordinario. Pero un día, mientras Lewis colgaba su impermeable, miró al espejo y vio una escarpada pirámide maya en una verde y vaporosa jungla. Sabía que la pirámide era maya porque tenía una imagen suya entre las diapositivas de su visor estereoscópico Viewmaster. Sólo que aquella escena no era una falsa imagen tridimensional, como la de las diapositivas. Parecía que pudieras meter la mano a través del espejo y tocar las lianas. Mientras Lewis la contemplaba, un ave de color rojo intenso con una cola larguísima voló de un árbol a otro. Las ondas debidas al calor hacían vibrar la pirámide. Lewis parpadeó y volvió a mirar. Ahora estaba mirando el reflejo de la gris y lluviosa ventana que había a sus espaldas.

Lewis pensó mucho en las vidrieras de las ventanas y en el perchero de los abrigos. ¿Serían mágicos? Creía en la magia, aunque le habían enseñado a no hacerlo. Su padre se había pasado una tarde entera explicándole que los fantasmas se debían a los rayos X que rebotaban desde planetas lejanos. Pero Lewis era un muchacho testarudo. Y además, ¿no había visto la lámpara de Aladino en el dorso de los naipes de Jonathan, y la leyenda de la Asociación de Magos del condado de Capharnaum? Estaba convencido de que la magia se encontraba detrás de aquel misterio.

Lewis también estaba convencido de que tendría que resolver otro misterio antes de poder encargarse del problema del perchero de los abrigos y las vidrieras de las ventanas. Tendría que averiguar por qué Jonathan rondaba por la casa todas las noches, linterna en mano.

Lewis había descubierto que el extraño incidente durante su primera noche en New Zebedee formaba parte de una rutina habitual. Cada noche, pasadas las doce, Jonathan salía a buscar. Qué era lo que estaba buscando, Lewis no sabría decirlo.

Una y otra vez, como aquella primera noche, había oído que los tablones del suelo crujían al otro lado de su puerta. Una y otra vez había oído que Jonathan recorría el pasillo sigilosamente, de puntitas, entrando en habitaciones, cerrando puertas. Lo oyó arriba, en el segundo piso, que Jonathan apenas pisaba durante el día. Entonces, volvía a bajar las escaleras, husmeando, chocando contra el mobiliario. Tal vez les tenía miedo a los ladrones. Tal vez. Pero, entonces, ¿por qué golpeaba la pared? Los ladrones rara vez se esconden en las paredes.

Lewis tenía que descubrir qué pasaba. Y así, una noche, un poco después de las doce, Lewis se dejó caer silenciosamente desde su cama a los fríos tablones de madera del suelo. Lo más sigilosamente que pudo, cruzó la habitación de puntitas, pero los arqueados tablones se quejaron bajo sus pies. Cuando llegó a la puerta, estaba completamente alterado. Se secó las manos varias veces en la bata y giró el pomo de la puerta. Inspiró hondo, soltó el aire y salió al pasillo oscuro.

Lewis se llevó la mano a la boca. Acababa de pisar la cabeza de un clavo que asomaba de un tablón. En realidad, no le había dolido tanto, pero Lewis le tenía miedo al tétanos. Cuando notó que la sensación de pánico desaparecía, dio otro paso. Empezó a abrirse camino por el pasillo.

Pero a Lewis no se le daba tan bien merodear con sigilo como uno podría pensar. Cuando se golpeó la cabeza contra el pesado y dorado marco de un cuadro por tercera vez, Jonathan le gritó desde la lejanía de una de las habitaciones.

—¡Ay, por amor de Dios, Lewis! ¡Deja de jugar a Sherlock Holmes! Se te daría mejor ser el doctor Watson. Anda, ven conmigo. Estoy en la habitación de la chimenea verde.

Lewis se alegró de que su rostro sonrojado no brillara en la oscuridad. Bueno, al menos Jonathan no estaba enfadado con él.

Lewis caminó por el pasillo hasta encontrar una puerta abierta. Ahí estaba Jonathan, de pie en la oscuridad, con una linterna en la mano. Estaba apuntando el haz de luz sobre el reloj de la repisa, un artilugio negro encastrado en una caja con manillas doradas a ambos costados, como un ataúd.

—Buenas noches, Lewis. O buenos días, que para el caso lo mismo nos vale. ¿Querrías acompañarme en mis rondines?

La voz de Jonathan sonaba tensa y nerviosa. Lewis dudó un momento y luego se lanzó:

—Tío Jonathan, ¿qué estás haciendo?

—Parar los relojes. Durante el día es agradable tenerlos haciendo tictac por toda la casa, pero de noche no me dejan dormir. Ya sabes cómo es, Lewis, como con el ruido de una gotera y… cosas así.

Aún parloteando nerviosamente, Jonathan le dio la vuelta al reloj, extendió la mano hacia la parte trasera y detuvo el péndulo achaparrado. Luego le hizo un gesto a Lewis para que lo siguiera y, meneando la linterna un tanto demasiado alegremente, se dirigió hacia la siguiente habitación. Lewis fue detrás, pero estaba desconcertado.

—Tío Jonathan, ¿por qué no enciendes las luces?

Su tío guardó silencio durante un minuto. Luego, con la misma voz agitada, dijo:

—Ah, bueno, es que ya sabes cómo son las cosas, Lewis. Si fuera de habitación en habitación encendiendo y apagando las luces, ¿qué iban a pensar los vecinos? ¿Y qué me dices de la factura de la luz? ¿Sabes que te cobran una hora de electricidad cada vez que enciendes y apagas las luces?

A Lewis la explicación no le sonó convincente. Primero, porque el tío Jonathan nunca había dado el más mínimo indicio de que le importara lo que los vecinos pensaran de nada de lo que él hacía. Si le hubiera apetecido sentarse en el sillón orejero que había bajo el castaño y tocar el saxofón a las tres de la mañana, bien podría haberlo hecho. Segundo, porque, en más de una ocasión, Jonathan había dejado la lámpara de pie de su despacho toda la noche encendida. Era un hombre descuidado, del tipo que no se preocupa por el monto elevado de la factura de la luz, precisamente. Cierto era que Lewis sólo conocía a su tío desde hacía tres semanas, pero tenía la sensación de que se había hecho una idea bastante buena de cómo era Jonathan.

Por otro lado, tampoco podía decir «¡Tío Jonathan, se nota a leguas que estás mintiendo!», así que lo siguió en silencio hacia la siguiente habitación, el segundo mejor baño del piso de arriba. También tenía una chimenea —de azulejos blancos— y sobre la repisa zumbaba un relojito blanco de plástico. Jonathan lo desenchufó sin decir nada y se dirigió a la siguiente habitación, donde detuvo un reloj de madera de cerezo con un péndulo que usaba tres columnas de mercurio como contrapeso. Y luego fue a la siguiente habitación.

El último artefacto silenciado fue el reloj de pie del despacho. El despacho de Jonathan tenía los techos muy altos y las paredes estaban cubiertas de libros. Había una mecedora de cuero marrón grande y mullida que siseaba cuando uno se sentaba en ella y, por supuesto, había una chimenea en la que aún ardía la lumbre. En una esquina, junto a las puertas corredizas que daban al comedor, estaba el alto y tétrico reloj. El disco de latón del péndulo resplandecía tenuemente a la luz de la hoguera moribunda. Jonathan metió la mano en su interior y agarró la larga barra negra. El reloj se detuvo.

Ahora que su extraño recorrido había terminado, Jonathan se sumió en el silencio. Parecía estar pensando. Se acercó a la chimenea, revolvió el fuego y echó otro trozo de madera. Se desplomó sobre el sillón de cuero y señaló con el brazo la mecedora verde que había al otro lado de la chimenea.

—Siéntate, Lewis. Me gustaría tener una charla contigo.

Lewis se preguntó si irían a regañarlo por espiar a su tío. No lo creía. Jonathan parecía y sonaba amistoso, aunque su voz tenía un tono ligeramente tenso. Lewis se sentó y observó cómo Jonathan encendía su pipa de agua. Le encantaba ver cómo lo hacía. El narguile tenía forma de galeón español, y la cofa del palo mayor era la cazoleta. El cuerpo del barco estaba lleno de agua para enfriar el humo y en lo alto de la proa había una diminuta figura de cerámica, un contramaestre con su propia pipa en los labios. Una larga manguera se incrustaba en la popa del barco, rematada en un extremo por una boquilla de goma negra. Al aspirar por la boquilla, el tabaco que ardía en la cofa desprendía una larga columna de humo, y el contramaestre hacia ¡fiuuuu! por su pipa en miniatura. A veces, cuando Jonathan se equivocaba y llenaba el barco con demasiada agua, el contramaestre hacía ¡blup, blup! y soplaba burbujas.

Cuando Jonathan puso la pipa a funcionar, dio una profunda calada de humo, la liberó lentamente y dijo:

—Lewis, creo que es preferible que tengas miedo a que pienses que tu tío es un viejo gruñón y lunático.

—No pienso que seas un gruñón —dijo Lewis.

Jonathan rio.

—Pero sí piensas que estoy mal de la cabeza. Bueno, después de esta noche, no te culparé por ello.

Lewis se sonrojó.

—¡No, tío Jonathan! ¡No pretendía decir eso! Tú sabes que no pienso que…

—Sí, claro que lo sé —sonrió Jonathan—. Pero, de todas formas, creo que sería mejor que supieras algo sobre este asunto de los relojes. No puedo contártelo todo, porque no lo sé todo. De hecho, hay veces que pienso que, en realidad, no tengo mucha idea de nada. Pero te contaré lo que sé.

Se cruzó de piernas, se recostó y fumó un poco más de su pipa. Lewis echó el cuerpo hacia delante en la enorme mecedora verde. Abría y cerraba las manos, y miraba a Jonathan con ojos penetrantes. Tras una breve pausa dramática y una calada particularmente larga al narguile con forma de galeón, Jonathan comenzó a hablar:

—No siempre he vivido en esta casa, Lewis. De hecho, hace apenas cinco años que me mudé aquí. Solía vivir en Spruce Street, cerca de la planta depuradora. Pero cuando el antiguo propietario murió, pusieron la propiedad a la venta por un precio muy barato y vi que era una oportunidad de vivir puerta con puerta con mi mejor amiga, la señora Zimmermann...

—¿Quién era el antiguo propietario?

—Justo a eso iba. Se llamaba Isaac Izard. Sus iniciales eran I. I., como el numeral romano II. Encontrarás la doble «I» esculpida, pintada o estampada en todo tipo de cosas por esta casa: en el revestimiento de madera, en los tablones del suelo, en el interior de las alacenas, en la caja de fusibles, en las repisas de las chimeneas... Por todas partes. Encontrarás el numeral romano II estampado incluso en la tracería del papel pintado del vestíbulo del piso de arriba —Jonathan calló un segundo y se mostró pensativo—. Algún día tendré que cambiarlo... Ah, bueno, volviendo a lo que estaba diciendo. El viejo Isaac Izard. Tiene un nombre raro, ¿verdad? La señora Zimmermann cree que viene de «izzard», que en algunas partes de Inglaterra se usa para decir «zed», que a su vez es la palabra inglesa para identificar la letra «Z». Yo apoyo la teoría de la señora Zimmermann porque no se me ocurre ninguna mejor. Y, además, es una señora muy de zetas, las lleva en el apellido, así que ella sabrá mejor. Pero, como iba diciendo, y te prometo que al final terminaré por decir algo en algún momento, Lewis... —fumó un poco más de su pipa y se revolvió en la silla para ponerse cómodo—. Como iba diciendo, el viejo Isaac era un hechicero.

—¿Y eso qué es?

—Es otra manera de decir brujo.

Lewis se estremeció. De repente, de la nada, le sobrevino un pensamiento extraño.

—¿Tú también lo eres? —preguntó con vocecilla asustada.

Jonathan lo miró con una sonrisa extraña.

—¿Te asustarías si te dijera que lo soy?

—No. Me caes muy bien, y puedes ser un hechicero si quieres, supongo. Sé que no serías un mal hechicero.

—Eso depende de lo que entiendas por «malo» —dijo Jonathan, riendo—. Si te refieres a que no sería un hechicero malvado, tienes razón. Si te refieres a que no se me daría mal la magia… Bueno, eso ya no lo sé. Soy un mago de salón, aunque me sé un par de trucos que van más allá de los conejos y los naipes.

—¿Como vidrieras y percheros de abrigos? —dijo Lewis, sonriendo con malicia.

—Sí, eso exactamente. Y, sólo para que estés completamente seguro, permíteme informarte que la señora Zimmermann también es hechicera, aunque en su caso el término más adecuado sería bruja.

—¿No pueden buscarle un nombre mejor? —preguntó Lewis con timidez.

—Bueno, ella prefiere maga o encantadora, pero yo soy incapaz de usar esos términos sin partirme de la risa, así que para mí es la vieja bruja Florence. En realidad, es una hechicera mucho más seria que yo. Se sacó el doctormago (el doctorado en Artes Mágicas) en la Universidad de Gotinga, en Alemania, en el año de 1922. Yo sólo tengo una licenciatura de la Universidad Agrícola de Michigan.

—¿En qué? —preguntó Lewis, como si estuviera entrevistando a Jonathan para darle trabajo.

En realidad, le interesaba lo que Jonathan había hecho en la universidad. Tanto el padre como la madre de Lewis habían ido a la universidad, y siempre hablaban mucho sobre lo que habían hecho allí.

—¿En qué? —contestó Jonathan, sonrojándose—. ¿En qué? Pues en qué va a ser, en Ciencias Agrícolas. Crianza de animales y cosas así. Iba a ser granjero hasta que mi abuelo murió y me dejó un buen montón de dinero. Pero, volviendo a Isaac Izard… Sigues interesado, ¿verdad?

—¡Ah, sí! ¡Claro! Por favor, cuéntamelo. Quiero saberlo.

—Isaac, como te decía, era mago. Coqueteó un poco con la magia negra, lo peor que puede hacer un mago. No puedo contarte nada malo que esté completamente seguro que haya hecho (con certeza), pero si un mago pudiera juzgar a otro, diría que era un mago malvado. Muy malvado. La señora Zimmermann también lo piensa. Recuerda que ella vivió puerta con puerta con él durante años. Tendrías que preguntarle en persona por él, claro, pero hubo muchas noches en que ella y yo íbamos al jardín trasero de su casa y, cuando mirábamos hacia arriba, veíamos cómo el malvado rostro del viejo Isaac se asomaba por la ventana de la cúpula que hay en lo alto de la casa. Llevaba una lámpara de aceite en la mano y se quedaba mirando con los ojos perdidos en la noche. La señora

Zimmermann asegura que durante el día se pasaba horas sentado en la cúpula. Aparentemente, tomando apuntes.

—Caramba, qué raro. ¿Y de qué tomaba apuntes?

—Sólo Dios lo sabe, Lewis. Pero estoy seguro de que no era nada bueno. De todas maneras, para seguir con mi historia… Ya debe de haberse hecho bastante tarde, pero sin los relojes no tengo ni idea de qué hora es. ¿Por dónde iba? Ah, sí. El viejo Isaac murió durante una violenta tormenta eléctrica, una de las peores en toda la historia del condado de Capharnaum. Puedes buscarlo en el *Crónica de New Zebedee* si quieres: hizo volar el techo de los graneros, arrancó árboles y los rayos derritieron las puertas de hierro de la tumba en la que Isaac está enterrado ahora. Algún día tendría que enseñarte la tumba. Un horrible y viejo cuchitril, uno de esos pequeños mausoleos de piedra para los difuntos respetables. Hay varios en nuestro antiguo cementerio, algunos bonitos de verdad. Éste lo construyó la familia de Isaac en 1850, pero no se había usado hasta que enterraron allí a su mujer. Ella falleció antes que él.

—¿Cómo era ella?

—Bastante rara, como uno tendría que ser para elegir a Isaac Izard como marido. Lo único que recuerdo de ella son sus anteojos.

Lewis se quedó mirándolo.

—¿Sus anteojos?

—Sí. Una vez pasé a su lado por la calle y ella se dio media vuelta para mirarme. Debió de ser por cómo el sol se reflejaba en sus lentes, pero recuerdo dos círculos helados de luz gris atravesándome. Me alejé y cerré los ojos, pero aquellos dos puntos gélidos permanecieron allí. Después de eso, tuve pesadillas durante una semana.

—¿Cómo murió? —Lewis imaginó a la señora Izard precipitándose por un acantilado durante un huracán o lanzándose al vacío desde la cúpula de la casa.

—¿Cómo? Discreta y misteriosamente. No hubo funeral. Unos forasteros de aspecto extraño vinieron a ayudar a Isaac a enterrarla. Tras su muerte, él se recluyó en la casa. Hizo más que recluirse, en realidad. Él y su esposa siempre habían sido bastante ermitaños, pero, tras su muerte, él se encerró de verdad. Construyó una alta verja entre su casa y la de la señora Zimmermann. Tuve que echarla abajo en cuanto me mudé —sonrió contenidamente.

Lewis se dio cuenta de que su tío Jonathan era feliz viviendo en el número 100 de High Street, a pesar de que el viejo Isaac Izard hubiera convertido aquel lugar en su castillo.

—¿Y esa es toda la historia? —preguntó Lewis, con cautela.

—Ah, no, claro que no. Estamos llegando a la mejor parte. Mira, yo estoy aquí fumándome mi pipa como un egoísta y tú no tienes nada. Vamos a la cocina por un par de vasos de leche y unas galletas con chispas de chocolate, ¿te parece?

—¡Claro! —dijo Lewis, a quien le gustaban las galletas con chispas de chocolate más incluso que los chocolates rellenos de caramelo de la marca Welch.

En pocos minutos estuvieron de vuelta en el despacho, sentados junto al fuego crepitante, comiendo galletas. De repente, un libro cayó de la estantería. Plop. Cayeron dos más. Plop. Plop. Lewis clavó los ojos en el agujero negro abierto en la hilera de libros. Una larga mano huesuda y arrugada asomó por él. Parecía querer agarrar algo.

Lewis se sentó derecho, rígido de terror, pero Jonathan se limitó a sonreír.

—Un poquito más a la izquierda, querida. Eso es. Ya lo tienes.

Un pestillo hizo clic y una gran sección de la estantería de obra se deslizó hacia delante. Más libros cayeron al suelo. Y allí estaba la señora Zimmermann, con una hebra de telaraña colgando de la lente izquierda de sus lentes. Tenía la manga cubierta de polvo blanquecino.

—Muy buena manera de construir un panel secreto —rezongó—. Poniendo el pestillo en el lado de la habitación en lugar de en el lado del pasadizo.

—Así es más misterioso, muñeca. Como habrás podido imaginar, Lewis, esta casa tiene un pasadizo secreto. Se accede a través de la alacena de la porcelana en la cocina. Vamos, entra, Florence. Estaba a punto de hablarle a Lewis del reloj en las paredes.

La señora Zimmermann lo miró como diciendo «¿de verdad crees que sea buena idea?», pero se encogió de hombros y se sirvió galletas y leche.

—Qué ricas galletas —dijo ella, hincándoles el diente—. Riquísimas.

—Lo dice siempre porque las hace ella —explicó Jonathan, sirviéndose dos más—. Y ahora que todo el mundo tiene la boca llena, yo incluido, supongo que proseguiré.

¿Dónde estábamos? Ah, sí. Bueno, en cuanto me mudé, noté que algo no iba bien. En la casa había una especie de calma acechante. Y entonces lo oí.

—¿Qué oíste?

Aquel era Lewis, que estaba sentado en el borde de la mecedora. Incluso había dejado de comerse la galleta.

—El reloj. ¿Te ha pasado que entras en una habitación en la que hay un reloj haciendo tictac y tardas mucho en darte cuenta? Y entonces, cuando todo está muy, muy silencioso y no estás pensando en nada en concreto… ¡ahí está!

Lewis dio un respingo y miró a su alrededor, desbocado.

—¿Dónde?

—No, no, no —rio Jonathan—. No pretendía asustarte. Me refería a que la primera vez que lo oí fue en esta habitación. El tictac salía de las paredes. Puedes acercarte y escucharlo, si quieres.

Lewis se levantó y se acercó a la pared llena de libros. Apoyó la oreja contra una fila de tomos encuadernados en cuero y escuchó. Abrió los ojos de par en par.

—¡Está ahí, tío Jonathan! ¡Está ahí! —estaba emocionado por el descubrimiento, pero entonces le cambió la cara. Parecía asustado—. ¿Para qué sirve, tío Jonathan? ¿Qué hace?

—No tengo la menor idea —respondió Jonathan—. Aunque sí sé que quiero destruirlo. Por eso tengo estos estúpidos relojes. No me gusta demasiado el incesante tictac y el repentino y estruendoso infierno que se desata a cada hora en punto. Pero prefiero mis relojes al suyo —el rostro de Jonathan se había tornado sombrío. Sacudió la cabeza, sonrió sin demasiadas ganas y prosiguió—: Te preguntarás por qué no tiro directamente la pared y arranco el reloj. Bueno, pues porque no serviría de nada. Suena así por detrás de todas las paredes: arriba, en el ático; abajo, en el sótano; en los armarios, las despensas y los salones. Y a veces parece ir más lento. Sigo teniendo la esperanza de que se pare. Pero luego retoma el ritmo y continúa. No sé qué hacer.

Había un deje de verdadera desesperación en su voz. Por un segundo, Lewis pensó que su tío iba a echarse a llorar. Entonces intervino la señora Zimmermann.

—Te diré lo que no debes hacer, Jonathan Barnavelt. No debes asustar a Lewis con algo de lo que no sabes nada. Al fin y al cabo, el tictac puede ser magia residual procedente de los experimentos del vejestorio. O escarabajos del reloj de la muerte. O una especie de ilusión, como en esas casas que tienen galerías susurrantes. De vez en cuando, yo escucho un murmullo extraño en mi cabeza. Hace duuuuuu durante un rato y luego desaparece.

—Ay, Florence, no hace falta que me tomes el pelo —Jonathan parecía molesto—. No piensas que sea inofensivo y yo tampoco lo creo. No se lo habría contado a Lewis sólo para asustarlo. Pero pensé que sería preferible que supiera lo del reloj a que pensara que su tío es carne de manicomio. Verás, me atrapó haciendo mis rondines nocturnos.

—Bueno —dijo la señora Zimmermann—, en el manicomio no lo sé, pero al tío Jonathan más le valdría meterse en la camita si de verdad quiere llevarnos mañana de picnic —rebuscó entre los pliegues de su vestido y sacó un reloj de plata con una larga cadena. Abrió la tapa y anunció que eran las tres de la mañana.

Jonathan alzó la vista, sorprendido.

—¿De verdad? Santo cielo, no tenía ni idea de que…

—Por favor, tío Jonathan —dijo Lewis, interrumpiéndolo—. ¿Puedes decirme una cosa más?

—Claro, Lewis. ¿Qué cosa?

Lewis parecía inquieto y avergonzado.

—Bueno… Si se supone que los relojes ocultan el ruido del reloj de las paredes, ¿por qué de noche los paras todos?

—No los paro todas las noches —suspiró Jonathan—. Algunas sólo deambulo por la casa comprobando las habitaciones. De alguna manera, me hace sentir seguro. No sé cómo explicarlo. Pero algunas noches, como ésta, siento la urgencia de detener ese condenado e incesante tictac. Siento que, si pudiera hacer que la casa quedara en silencio (en completo silencio), entonces tal vez podría escuchar el verdadero reloj, el mágico, sonando detrás de una pared concreta o dentro de algún cubículo. Pero nunca funciona y siempre me siento un poco loco cuando lo intento.

Lewis aún parecía confuso.

—Si es un reloj mágico —dijo despacio—, entonces ¿no sería invisible? O sea, ¿no sería algo a lo que no podrías ponerle la mano encima?

—En realidad no, Lewis —Jonathan sacudió la cabeza—. La mayor parte de la magia se logra mediante objetos cotidianos tangibles. Objetos que se han hechizado. Una bruja intentó una vez aniquilar a su enemigo dejando una foto suya bajo el agua que bajaba del canaleta. Su razonamiento era que moriría cuando el rostro de la fotografía se hubiera borrado. Es un método común. No, Lewis. Este reloj es tan real como el reloj de pie que hay ahí, sólo que está encantado. Pero para qué está encantado, te juro por mi vida que no lo sé.

—Bueno, hay una cosa que sí sé, Barba de Chivo —dijo la señora Zimmermann, haciendo oscilar su reloj como un péndulo frente a los ojos de Jonathan—. Sé que si no recuperamos un poquito, un poquitín, de sueño, mañana todos vamos a estar con una cara de mal humor bien larga. Lewis, a la cama. Jonathan, tú igual. Yo enjuagaré los platos de las galletas y guardaré la leche.

Más tarde, ya en su cuarto, Lewis se colocó en el centro del suelo y clavó los ojos en un retazo de papel floreado de la pared que había junto a la chimenea. Se acercó rápidamente a la pared y presionó la oreja contra la superficie. Sí, el tictac también se oía desde allí. Cruzó la habitación y escuchó otra pared. Más de lo mismo.

Lewis volvió al centro de la habitación y entonces empezó a caminar de un lado a otro repentinamente. Caminaba dando rápidas zancadas, con las manos enlazadas a la espalda, como había visto hacer a su padre cuando estaba enfadado. Caminaba e intentaba pensar lógicamente. Pero la lógica no resultaba de demasiada ayuda en lo relativo al reloj de las paredes, así que al final Lewis se dio por vencido. Se metió en la cama de un salto y se echó a dormir.

CAPÍTULO TRES

El segundo lunes de septiembre, Lewis comenzó la escuela en New Zebedee, y no tardó mucho en olvidar por completo el misterioso reloj de las paredes. Tenía otros problemas de los que ocuparse.

No eran problemas nuevos. Eran los problemas que un muchacho gordo que no sabe jugar al beisbol va arrastrando consigo de un lugar a otro. Lewis siempre había tenido sobrepeso. No recordaba un solo momento en que no. Durante toda su existencia —sus diez años de vida— había tenido que escuchar cómo los niños le canturreaban:

Gordo, gordinflas de mucho cuidado
en la puerta de la cocina te quedas atascado.

A veces tenía ganas de golpear a los niños que se burlaban de él, pero no sabía boxear ni tampoco era muy fuerte. Ese era otro problema. Pero el peor problema de todos era el beisbol. Lewis giraba como un trompo cada vez que intentaba darle a la bola y luego tiraba el bat por los aires. Al principio intentaba disculparse diciendo:

—¡Cuidado, voy a lanzar el bat!

Pero los demás niños le respondían:

—Mira, si avientas el bat te damos una paliza. O lo agarras cuando bateas o no te dejamos jugar.

Eso era lo que decían cuando lo dejaban jugar, cosa que no sucedía muy a menudo. La mayoría de las veces, cuando hacía cola para que lo eligieran, se quedaba al último y el capitán del equipo, que se suponía que debía escogerlo, decía:

—¿Por qué tenemos que elegirlo? No es capaz de batear, no es capaz de recoger, no es capaz de lanzar. Ni siquiera es capaz de correr. Venga, jugamos con uno menos.

Lo que decían sobre Lewis era cierto. A veces el capitán era un chico nuevo, o uno simpático, y entonces elegía a Lewis para su equipo. Pero cuando le tocaba batear, por lo general lo eliminaban por no golpear la bola. Si conseguía darle, ésta salía disparada hacia arriba y el pitcher la cachaba. O lo ponchaban en primera base. Cuando su equipo salía al campo, sus compañeros lo hacían jugar en la parte derecha del campo, porque allí casi nunca caían muchas bolas. Pero cuando una llegaba a esa zona, Lewis siempre la perdía, a no ser que le diera en la cabeza. Se tambaleaba hacia delante y hacia atrás, intentando seguir la trayectoria de la bola que flotaba allí, justo encima de su cabeza. Pero al final siempre terminaba mareándose, tapándose la cara con el guante y gritando

«¡No! ¡No!», justo antes de que la bola bajara hasta él. Pasado un tiempo, hasta los chicos simpáticos acababan por rechazarlo.

Una tarde, después de pasar por la rutina habitual y de que Lewis saliera sollozando del campo porque no lo dejaban jugar, se encontró de pie sobre una base de un diamante de beisbol que aquel día no estaba usando nadie. A sus pies había un bat, un viejo y grueso bat, con el mango astillado y envuelto en cinta de aislar color negro.

Al lado había una pelota, o lo que quedaba de ella: un bulto negro, pegajoso, con forma de huevo y envuelto en cuerda. Lewis tomó la bola y el bat. Lanzó la pelota al aire e intentó golpearla. Falló. Recogió la pelota y lo intentó de nuevo. Volvió a fallar. Estaba a punto de intentarlo por tercera vez cuando alguien le dijo:

—Lo estás haciendo fatal.

Lewis se dio media vuelta y vio a un chico flacucho, más o menos de su edad, acuclillado al lado del estacionamiento de bicicletas. Tenía una gruesa mata de cabello rojo teja en lo alto de la cabeza y llevaba el brazo derecho en cabestrillo. Aquel niño era Tarby.

En la escuela todo el mundo sabía quién era Tarby. Incluso Lewis lo conocía, y eso que sólo llevaba un par de meses en New Zebedee. Probablemente, todo el mundo en New Zebedee y la mayor parte de la población del condado de Capharnaum sabían quién era Tarby. Al menos, esa era la impresión que tenía Lewis. Tarby era el chico más popular de la escuela. Era muy temerario, el tipo de chico que atravesaba hogueras con la bicicleta y se colgaba boca abajo de las ramas de los árboles, enganchado por las rodillas. Les gustaba a todas las chicas y era el mejor bateador en los partidos de beisbol. Lo elegían primero para los equipos tan a menudo, que la mayoría de las veces los chicos le hacían capitán sólo para no tener que pelear por quién iba a quedarse con Tarby en su equipo. Pero allí estaba ahora, con el brazo en cabestrillo, observando cómo Lewis intentaba batear la pelota.

—Como dije, lo estás haciendo fatal. Deberías mantener los pies bien plantados en el suelo. Y luego bateas moviendo la cadera. Así. Déjame que te enseñe.

Tarby se puso de pie y se acercó hasta donde estaba Lewis. Agarró el bat y lo alzó con una mano, un poco más alto de lo normal.

—Va —dijo—, ponte ahí y lanza. Lanza alto, aquí.

Lewis nunca había visto que nadie intentara golpear la bola sujetando el bat con una sola mano. Tenía miedo de que Tarby fallara, se enfadara y se fuera a su casa. Con una sonrisa nerviosa en el rostro, Lewis lanzó hacia la base y la bola dibujó un arco en el aire. Tarby giró y bateó. ¡Clac! Golpeó con ese sonido levemente hueco que hacen los bates astillados. La bola salió disparada directamente hacia el centro del campo. Habría sido un golpe estupendo.

—¿Lo ves? Y eso con un solo brazo. Tú deberías poder hacerlo bien con dos. Vamos. Lanzaré yo.

Lewis se acercó desde el montículo de lanzamiento y recibió el bat de mano de Tarby.

—No sabía que tuvieras el brazo roto —dijo Lewis tímidamente—. ¿Cómo te pasó?

—Me caí de un árbol. Estaba colgado con las rodillas. Boca abajo, como en la jaula de los monos. No pasa nada. Se me curará.

Tarby fue hasta el montículo. Lewis golpeó el bat contra la base y lo balanceó en el aire, como había visto hacer a George Kell en el estadio de los Briggs, en Detroit. Pero cuando Tarby le lanzó la bola, Lewis falló como de costumbre.

Todos los días, durante las siguientes dos semanas, Tarby se dedicó a quedar con Lewis después de clase, y juntos entrenaban su bateo. Poco a poco, lentamente, el *swing* de Lewis mejoró y hasta consiguió batear unas cuantas líneas. Pero ahí estaba pasando algo incluso más importante: Lewis y Tarby estaban empezando a hacerse amigos. A Tarby le gustaban los chistes de Lewis y Lewis descubrió que Tarby odiaba a algunos de los chicos a los que él también odiaba. A Lewis le gustaba su imitación de la señora Fondrighter, una profesora de la escuela que no les caía bien. La señora Fondrighter siempre llamaba a su marido «Jerrold», cosa que les hacía mucha gracia. Tarby le hacía un lazo al extremo de una ramita verde y fingía que era un monóculo con un palo. Luego miraba a Lewis a través del bucle y, con voz aguda, decía:

—¿Cómo osas decirme esas cosas, Jerrold?

Luego, Lewis y Tarby se sentaban a planear qué iban a hacer con Carol Kay Laberdeen, una chica de sexto muy presumida, que siempre se salía con la suya porque su padre era miembro del consejo escolar. Por lo general ya había anochecido cuando Lewis y Tarby se despedían junto al buzón al pie de High Street.

Una noche de principios de octubre, Lewis y Tarby estaban en el campo de atletismo, practicando tiros elevados y bolas rodadas. Lewis había mejorado tanto que ahora era capaz de lanzarle a Tarby algunos tiros elevados bastante buenos desde una distancia considerable. Tarby todavía tenía el brazo enyesado, pero desbarataba las líneas y atrapaba los tiros elevados con la misma facilidad que si tuviera dos manos.

Lewis no estaba concentrado. Se estaba haciendo de noche y le empezaba a costar ver la bola, y además estaba un poco aburrido. Se quedó allí pensativo —o «adormilado», como decía Tarby cuando lo veía así—.

Quería tener un detalle con Tarby. Algo lindo que lo impresionara y lo hiciera más amigo suyo que nunca. Igual podía pedirle al tío Jonathan que le hiciera un truco de magia a Tarby. Claro, eso estaría bien. Lewis dudó un momento al recordar que Jonathan había dicho no ser más que un mago «de salón». De esos que sacaban conejos de chisteras y te decían qué carta tenías en la mano. Pero también había dicho que conocía unos cuantos trucos que iban más allá…

Lewis se lo pensó un poco más. Bueno, a ver, seguro que Jonathan podía hacerlo. Seguro que alguien capaz de hacer cambiar los dibujos de las vidrieras podría hacer también lo que Lewis tenía en mente. Y, además, Lewis creía recordar haber oído a Jonathan mencionar que ya había hecho algo parecido una vez.

—¡Oye, Lewis! He bateado la pelota que me lanzaste hace como seis horas. ¿Te has ido a dormir?

Lewis alzó la vista.

—¿Eh? Ay, lo siento, Tarby. Oye, ¿te gustaría ver cómo mi tío hace un eclipse de luna?

Tarby se quedó mirándolo.

—¿Qué acabas de decir?

—He dicho… Ay, ven, Tarby, vamos a casa. Está demasiado oscuro para ver la pelota. Vamos y te cuento lo de mi tío Jonathan. Es un mago de verdad.

Los dos muchachos caminaron bajo los faroles, jugando a lanzarse la pelota por el camino. Lewis intentó hablarle a su amigo sobre los poderes mágicos de su tío Jonathan, pero se dio cuenta de que Tarby no parecía convencido.

—Amigo, apuesto lo que quieras a que tu tío hace un eclipse de luna. Te lo juro. Seguro que se queda sentado en su cuarto bebiendo cerveza y luego vuelve a salir y se queda mirando la luna, que da vueeeltas… y vueeeltas… —Tarby se tambaleó por la calle como si estuviera borracho y puso los ojos en blanco.

Lewis tuvo ganas de pegarle, pero era consciente de que Tarby podía con él, así que se limitó a decir:

—¿Te gustaría ver cómo lo hace?

—Sí —dijo Tarby, en tono burlón—. Me encantaría ver cómo lo hace.

—Va —respondió Lewis—. Se lo preguntaré esta noche. Cuando esté listo, te avisaré.

—Bueno, espero que no me haga esperar mucho —comentó Tarby con sarcasmo—. Tengo muchísimas ganas de ver al viejo mantecoso hacer un eclipse de luna, lunera cascabelera.

—Oye, ya. Deja de burlarte de mi tío —Lewis tenía la cara roja y estaba a punto de echarse a llorar.

—Oblígame.

—No puedo y lo sabes —respondió Lewis.

Tarby siguió burlándose hasta que llegaron al buzón color caqui que había al pie de High Street. Esta vez, cuando se separaron para ir cada uno a su casa, Lewis no le dijo adiós a Tarby. Ni siquiera se despidió con la mano. Pero para cuando cruzó la verja del número 100 de High Street, a Lewis ya se le había pasado el coraje —más o menos—, así que fue derecho a ver a su tío. Encontró a Jonathan jugando solitario con las cartas en la mesa del comedor. Era un juego muy complicado llamado Napoleón en Santa Elena, y la disposición de las cartas cubría la mayor parte del hule color marfil. Jonathan levantó la vista de la mesa y sonrió cuando Lewis entró en la sala.

—¡Hola, Lewis! ¿Qué tal va el beisbol últimamente?

—Mejorando, supongo. Tarby me ayuda un montón. Oye, tío Jonathan, ¿crees que podríamos tener un detalle con Tarby? Es un amigo bueno de verdad.

—Claro, Lewis. Lo invitaremos a cenar. ¿A eso te refieres?

Lewis se sonrojó y retorció.

—Ah… Bueno, sí… Más o menos. ¿Y crees que, tal vez, después de cenar podríamos…? Bueno, a ver, ¿podrías… hacer un eclipse de luna?

Jonathan se quedó mirándolo fijamente.

—¿Te he dicho yo que puedo hacer eso?

—Sí. ¿Te acuerdas de esa noche en que estabas fanfarroneando…, digo, hablando con la señora Zimmermann sobre si la magia terrestre era más fuerte que la magia lunar? Dijiste que un mago lunar podría hacer un eclipse de luna cuando quisiera y que tú eras un mago lunar.

Jonathan sonrió y sacudió la cabeza.

—¿Yo dije eso? Ay, a ver ahora cómo salgo de ésta. Veamos, recuerdo haber hecho un eclipse de luna una noche en 1932. Fue durante un picnic en el parque del arroyo Wilder. Recuerdo la fecha, el 30 de abril, que es la noche de Walpurgis. Esa es la noche en que las brujas y hechiceros de todo el mundo se reúnen para lucirse. Nuestro encuentro consistió en una simple convención en la Asociación de Magos del condado de Capharnaum, pero algunos son magos de verdad. De cualquier manera, volviendo a lo que estaba diciendo…

—No pasa nada —dijo Lewis, apartándose de él mientras hacía un puchero—. Le diré a Tarby que no puedes hacerlo.

—¡Ay, Lewis! —exclamó Jonathan, tirando el mazo de cartas sobre la mesa—. Eres el chiquillo más fácil de descorazonar que he conocido en mi vida. Si conseguí hacerlo una vez, puedo repetirlo. Es sólo que no se trata de una ocurrencia normal. Y las condiciones tienen que ser las adecuadas. En el cielo, me refiero.

—Ah.

—Sí, ah. Y ahora, en cuanto me gane a mí mismo este estúpido solitario, tú y yo iremos a la biblioteca a consultar el almanaque. Así que guarda silencio un minuto.

Lewis se retorció y enlazó y desenlazó las manos y clavó los ojos en la lámpara hasta que Jonathan terminó el solitario. Luego, los dos fueron juntos a la biblioteca, empujaron las puertas de paneles y entraron en aquella asombrosa sala que olía a papel húmedo, a humo de madera y a Terror Turcomano, la marca de tabaco que gastaba Jonathan. Jonathan movió la escalerilla hasta la zona de la pared que contenía sus libros de magia, subió a la estantería y sacó un grueso tomo polvoriento en cuyo lomo se leía:

HARDESTY'S
Compendio Misceláneo Universal
Calendario perpetuo, libro de fechas,
almanaque y libro de días

Pasó las páginas hasta llegar a la sección de eclipses, hizo rápidamente unos cuantos cálculos mentales y dijo:

—Estás de suerte, Lewis, 1948 es un buen año para eclipses lunares. Los planetas serán favorables el viernes que viene. Invita a Tarby a cenar esa noche. Estaré listo.

Llegó el viernes por la noche y Lewis llevó a Tarby a casa a cenar. En la comida no ocurrió nada particularmente mágico, salvo que la jarra de sidra que había en la mesa no dejó de eructar, y eso podía deberse a que la sidra se estaba endureciendo. Después de recoger la mesa, Jonathan pidió a Lewis y Tarby que ayudaran a la señora

Zimmermann a llevar algunas mesas de la cocina al jardín que había en la parte trasera de la mansión. Luego fue al recibidor principal y revisó el bastonero, un jarrón de porcelana azul y blanca china lleno de bastones de paseo de todas las formas y tamaños. Algunos tenían el mango de marfil o de hueso, otros estaban hechos a partir de duros trozos de nogal o de arce, y algunos tenían delgadas espadas retráctiles escondidas en su interior. Pero sólo uno de los bastones era mágico.

Era una larga vara negra de una madera muy dura. En un extremo tenía una virola de latón pulido, y en el otro una esfera de cristal del tamaño de una pelota de beisbol. En el interior de la esfera parecía estar nevando. A través del remolino de diminutos copos alcanzaba a verse, de vez en cuando, un extraño castillo en miniatura. La esfera emitía una gélida luz gris. Jonathan cogió el bastón, lo sopesó y regresó a la cocina con él metido debajo del brazo.

Afuera, en el jardín trasero, el público ya estaba preparado. La señora Zimmermann, Lewis y Tarby estaban sentados frente al bebedero de los pájaros, con la espalda muy recta en sus sillas. Era una noche de octubre clara y fresca. Ya habían salido todas las estrellas y una luna enorme se elevaba sobre los cuatro olmos que crecían al fondo del jardín de Jonathan. La puerta de malla golpeó al cerrarse y todos miraron hacia allí. El mago acababa de llegar.

Sin decir palabra, Jonathan rodeó la mansión y se dirigió hacia el ala norte. Allí, junto a la pared de arenisca, había un viejo barril mohoso en el que recogían agua de lluvia. Jonathan miró dentro, inspiró tres veces el aroma del agua oscura y, con el índice izquierdo, cortó levemente la resplandeciente superficie en cuatro cuartos. Luego se inclinó hasta quedar muy cerca de la boca del barril y comenzó a susurrar en un idioma extraño. Los tres espectadores no se movieron de sus sillas —Jonathan les había pedido que se quedaran donde estaban—, pero estiraron el cuello todo lo que pudieron para tratar de adivinar lo que el mago estaba haciendo.

El susurro, que la boca del barril amplificaba de una manera extraña, reverberó durante un rato. Lewis le dio la vuelta a su silla, pero lo único que alcanzaba a ver era la silueta oscura del tío Jonathan y el leve resplandor gris de la esfera del bastón mágico. Finalmente, Jonathan regresó con ellos. En una mano sostenía el bastón y en la otra, un cazo lleno de agua de lluvia.

—¿Tu tío va a lavarse la cabeza? —susurró Tarby.

—¡Ay, cállate! —bufó Lewis—. Él sabe lo que hace. Tú limítate a observar.

Tarby, Lewis y la señora Zimmermann observaron expectantes cómo Jonathan vertía el contenido del cazo en el bebedero de los pájaros. Luego volvió al barril por más. Ruido de inmersión. Un chapoteo. Jonathan regresó con otro cazo lleno. Lo vació. Y volvió por un tercero.

Aparentemente, con el tercer cazo era suficiente. Jonathan dejó el recipiente vacío en el suelo y tomó su bastón, que había dejado apoyado contra el bebedero. La esfera de cristal resplandeció y emitió un rayo de luz grisácea. El rayo se posó sobre la superficie del agua del bebedero. Jonathan trazó unos símbolos sobre ella con el bastón y empezó a murmurar de nuevo.

—Vengan a ver —dijo, haciendo un gesto a los tres espectadores.

Ellos se levantaron y se acercaron al bebedero. El agua de aquel plano y poco profundo recipiente de cemento había empezado a palpitar y ondear, como el agua del mar durante una tormenta. Lewis se sorprendió al ver que en ella se formaban pequeñas crestas de espuma. Luego, unas largas olas comenzaron a romper contra el borde, arrojando diminutas gotitas de espuma a la hierba. Jonathan estuvo un rato observándolas junto con los demás. Entonces, repentinamente, levantó el bastón y exclamó:

—¡Paz! ¡Paz a las aguas de la tierra! ¡Muéstranos el redondo disco de la luna como ahora aparece en el cielo sobre nuestras cabezas!

El agua se apaciguó. Pronto volvió a ser un estanque liso y, flotando en la tranquila superficie negra, vieron el frío reflejo de la luna llena. Entonces Jonathan hizo algo bastante inesperado. Mientras los demás observaban, se inclinó y tomó una piedrecita de la pila de rocas que había en el lecho del bebedero. La alzó en el aire todo lo que pudo, gritó «¡retrocede!» y lanzó la roca al agua. ¡Plop! El agua rebosó por todas partes y Lewis no se apartó lo suficientemente rápido para evitar que le cayera un poco en los zapatos.

Cuando el agua se hubo calmado de nuevo, Jonathan recogió la roca y miró el estanque. Allí, tembloroso y surcado de ondas, estaba el reflejo de la luna.

—¿Aún sigues ahí? —dijo Jonathan, sonriendo con picardía—. ¡Bueno, eso ya lo veremos!

Metió la mano en el agua y agarró el reflejo. Tal vez se tratara de un truco, pero el frío disco de color gris hielo que sostenía en la mano parecía ser el reflejo que estaba flotando en el estanque hacía un momento. Y, sin duda, cuando Lewis volvió a mirar al agua, lo único que vio fue una resplandeciente negrura.

Jonathan sostuvo el reflejo en alto y lo hizo girar al derecho y al revés, como si fuera un plato. El disco refulgía con una luz fría y penetrante, y chispeaba como la nieve recién caída. A Lewis le dolían los ojos si lo miraba durante mucho tiempo. Entonces, Jonathan movió rápidamente la muñeca y lo lanzó volando por el jardín. El disco atravesó claramente el oscuro matorral que había frente a los cuatro olmos. Luego, bastón en mano, Jonathan salió corriendo tras él. El jardín era muy largo, y ni siquiera a la luz de la luna podían los muchachos y la señora Zimmermann distinguir lo que Jonathan hacía allá a lo lejos.

De repente, el aire se llenó con los fatuos gemidos y silbidos de las campanillas de viento de bambú. Había unas pocas colgando de una de las ramas de los olmos, a la que Jonathan acababa de darle un buen tirón. Entonces volvió a cruzar el jardín, bailoteando, amenazando a las sombras y diciendo cosas como «¡Ja! ¡Toma eso, directo en la vejiga, vago de primera! ¡Oh! ¡Uy! ¡Y la tercera en el pecho!».

Se detuvo frente al bebedero. Después, sostuvo la esfera del bastón bajo la mejilla, para que su rostro pareciera el de un actor cuando las candilejas se lo iluminan desde abajo. Levantó la mano derecha muy despacio y apuntó al cielo con ella.

—¡Miren! —exclamó.

Sus tres espectadores alzaron la vista. En un primer momento, no vieron nada raro. Pero entonces, lentamente, una sombra negra, alquitranada, chorreante, comenzó a gotear sobre el rostro asombrado de la luna. En un abrir y cerrar de ojos, la luna se oscureció, se oscureció por completo, y se ennegreció sin mostrar siquiera la leve umbra parduzca que indica el lugar que ocupa durante un eclipse normal.

Y entonces el jardín trasero del tío Jonathan cobró vida. Se llenó de imágenes y sonidos extraños. La hierba refulgió con un verde fosforescente, y unos gusanos rojos serpentearon por entre las altas briznas con un sonido siseante. Unos extraños insectos se desprendieron de las ramas más altas del sauce y comenzaron a bailar sobre la mesa de picnic. Se meneaban y se contoneaban bajo una temblorosa luz azul, y la música que bailaban, a pesar de lo débil que se escuchaba, le sonaba a Lewis como «Rug-bug», el famoso foxtrot compuesto por Maxine Hollister. Aquella era una de las melodías que siempre sonaban en el armonio de Jonathan.

El tío Jonathan se acercó al macizo de tulipanes, apoyó la oreja en el suelo y escuchó. Hizo un gesto a los demás para que lo imitaran. Lewis apoyó la oreja sobre la tierra húmeda y oyó cosas extrañas. Oyó el ruido que hacían las lombrices al salir lentamente del suelo, deshaciendo los duros terrones de tierra negra con sus cabezas romas. Escuchó la fluida cháchara secreta de los bulbos y las raíces, la respiración de las flores. Y, de repente, Lewis supo cosas raras, pero no entendió cómo era posible que las supiera. Supo que un gato llamado Texaco estaba enterrado bajo la zona de tierra sobre la que estaba arrodillado. Su delicado esqueleto color marfil se descomponía lentamente allí abajo y tenía el pelaje frío y húmedo, marchito, sin brillo y putrefacto. El muchacho que había sepultado al gato había enterrado una cubeta de arena llena de conchas junto a él. Lewis no sabía cómo se llamaba el chico, ni cuánto tiempo hacía que había enterrado el gato y la cubeta, pero sí podía ver claramente la cubeta roja con azul. Unas manchas de óxido parduzco estaban devorando los dibujos de vivos colores, y las conchas estaban recubiertas de moho verdoso.

Pasado un buen rato, Lewis se sentó y miró a su alrededor. Tarby estaba arrodillado junto a él, con la oreja pegada al suelo y los ojos abiertos de par en par a causa del asombro. Pero ¿dónde estaba el tío Jonathan? ¿Y dónde, por cierto, estaba la señora Zimmermann? A Lewis le pareció verlos moverse en la otra punta del jardín, a la sombra de los cuatro olmos. Le dio a Tarby un golpecito en el hombro, señaló hacia allí, y los dos muchachos se incorporaron sin decir nada y fueron a reunirse con los magos.

Cuando los encontraron, Jonathan estaba discutiendo con la señora Zimmermann, que respondía en tono beligerante, aunque sin despegar la oreja del suelo.

—Yo digo que son los sumideros antiguos —murmuró—. Se perdió su rastro en 1868 porque tiraron los planos a la basura del papel desechado.

—Bueno, piensa lo que quieras, Greñas —dijo Jonathan mientras se arrodillaba para escuchar otra vez—. Yo digo que es una corriente subterránea. En el condado de Capharnaum hay muchísimas, y eso explicaría por qué el arroyo Sin-and-Flesh lleva mucha más agua cuando sale de New Zebedee que cuando entra a la ciudad.

—No dices más que sandeces, Gordinflas —dijo la señora Zimmermann, que seguía con la oreja pegada al suelo—. Creo que distingo el sonido del agua corriendo por un túnel de ladrillo. Es resonante y hueco.

—¿Como tu cabeza?

Lewis y Tarby apoyaron las orejas contra el suelo, pero no oyeron más que lo que se oye al apoyar la oreja contra la cámara de aire de un neumático usado como flotador en un lago. Lewis estaba muy emocionado. Le hubiera gustado estar en todos los rincones del jardín al mismo tiempo, tocando y oliendo y oyendo cosas. La magia del jardín trasero de la mansión duró más de una hora. Entonces, la fosforescencia se transformó en brillo lunar común y corriente, y la luna volvió a flotar en las alturas, libre de embrujos.

Mientras volvían al interior de la casa, Lewis le preguntó a su tío si la policía no se enfadaba cuando hacía eclipses de luna. Jonathan rio con disimulo y le pasó a Lewis un brazo alrededor de los hombros.

—No —respondió—. Curiosamente, no se quejan. Nunca he sabido bien por qué, tal vez sea porque el eclipse sólo puede verse desde este jardín.

—¿Quieres decir que no es real?

—Por supuesto que es real. Tú lo has visto, ¿no es así? Pero uno de los problemas de los seres humanos es que sólo pueden ver con sus propios ojos. Si pudiera desdoblarme en dos personas, mandaría a mi otro yo a la otra punta de la ciudad para comprobar si el eclipse también es visible desde allí.

—¿Por qué no le pides a la señora Zimmermann que vaya a verlo?

—Porque se pondría como fiera. Siempre quiere estar en el meollo. ¿Verdad que sí, vieja pasita?

—Sí que quiero estar en el meollo de todo. Y ahora mismo me gustaría estar en el meollo de unas galletas con trocitos de chocolate. ¿Por qué no vienen todos a mi casa?

Y eso fue lo que hicieron. Lewis se alegró de poder enseñarle a Tarby la casa de la señora Zimmermann. No era una mansión, en absoluto. Sólo un sencillo chalé adosado de dos plantas, con un porche vidriado. Pero estaba lleno de cosas raras, la mayoría de color morado. Las alfombras, el papel pintado de las paredes, el barandal de la escalera, el papel higiénico, el jabón del cuarto de baño, todo era morado. Y morado era también el cuadro surrealista de un dragón que colgaba en la pared de su comedor. El pintor francés Odilon Redon lo había pintado especialmente para ella.

Mientras se comían las galletas, bebían la leche e iban de un lado a otro contemplando todas las cosas moradas de la casa de la señora Zimmermann, Lewis se dio cuenta de que Tarby no decía nada. Cuando le llegó la hora de marcharse, Tarby le estrechó la mano a Jonathan con los ojos clavados en la alfombra y murmuró un «gracias por las galletas» a la señora Zimmermann en voz tan baja que resultaba imposible entenderle. Lewis acompañó a Tarby a la entrada. Sabía que aquella actitud era extraña en él, que por lo general solía gustarle llamar la atención y mostrarse descarado incluso con los adultos.

—Gracias por el espectáculo de magia —dijo Tarby, estrechándole la mano a Lewis con una cara de lo más seria—. Me dio un poco de miedo, pero fue divertido. Retiro todo lo que dije sobre tu tío, supongo. Bueno, ya nos vemos.

Y, con esas palabras, Tarby empezó a arrastrar los pies colina abajo.

Lewis se quedó mirándolo con una mueca de pre-ocupación en la cara. Esperaba que Tarby se la hubiera pasado bien. A la mayoría de la gente no le gusta que le demuestren que se equivoca, aunque se la haya pasado bien durante la demostración. Tarby era un chico muy popular y solía tener la razón siempre y en todo. Pero resulta que con los poderes mágicos de Jonathan se había equivocado. ¿Qué haría ahora? Lewis no quería perder a su único amigo.

CAPÍTULO CUATRO

Era la última semana de octubre y a Tarby ya casi se le había curado el brazo. Lewis lo veía cada vez menos. Seguía esperándolo en el diamante de beisbol que había detrás del colegio y había veces que aparecía y otras que no.

Claro que no podía esperarse que Tarby mostrara demasiado interés en tiros elevados o bolas rodadas a esas alturas del año. Y es que la temporada de futbol americano ya se había puesto en marcha. Lewis había visto a Tarby jugando al futbol con los demás chicos después de clases. Huelga decir que Tarby siempre era el pasador. Hacía pases largos, intentaba rodear la línea defensiva cuando tenía la pelota y hacía jugadas complicadas, como la llamada «Estatua de la Libertad».[2]

Lewis había pensado en intentar unirse a los partidos, pero recordó lo que le había pasado cuando vivía

---

[2] Jugada en la que el pasador toma el balón con las dos manos como si fuera a lanzar, pero luego se lo lleva a la espalda con una mano mientras hace un lanzamiento en falso con la otra. *(N. de la T.)*

en Wisconsin. Cada vez que alguien se iba contra él en la línea de defensa, se tiraba al suelo y se protegía la cabeza con las manos. Era incapaz de recibir ningún pase y, si intentaba patear el balón, por lo general terminaba golpeándolo con la rodilla. Tal vez, si conseguía mejorar mucho jugando al beisbol, al año siguiente podría intentar convencer a Tarby de que le enseñara también a jugar al futbol americano.

Pero, sin Tarby, no iba a aprender mucho de beisbol. Claro que aquellos últimos días tampoco estaba aprendiendo mucho ni siquiera con la ayuda de Tarby. Las pocas veces que éste aparecía para jugar beisbol con Lewis, parecía que quisiera que el partido terminara cuanto antes. Lewis sabía que estaba perdiendo a Tarby, pero de momento no se le había ocurrido cómo conseguir retenerlo a su lado.

Un sábado por la tarde, mientras los dos husmeaban por el cementerio, a Lewis se le ocurrió una idea. El hermoso cementerio antiguo de New Zebedee estaba en lo alto de una colina, a las afueras de la ciudad. Estaba lleno de recargadas lápidas mortuorias que mostraban a mujeres llorosas apoyadas sobre urnas funerarias y a cupidos apagando antorchas. Había columnas esculpidas para simular que estaban rotas, y columnas coronadas con manos que apuntaban al cielo. Había pequeñas piedras sepulcrales talladas con forma de cordero que cubrían las tumbas de los niños. Algunos corderos llevaban allí mucho tiempo. Tanto, que se habían erosionado en forma de mugrientos amasijos grises que a Lewis le recordaban a pastillas de jabón.

Aquel día en concreto, Lewis y Tarby se habían dedicado a registrar la zona donde todas las lápidas estaban esculpidas para parecer de madera. Cada tumba estaba señalada con un pequeño tronco de granito en el que podían distinguirse incluso la corteza, los anillos y los nudos de madera falsa. El borde que rodeaba la parcela hacía juego con las lápidas, y en el centro de cada una ellas se erigía un árbol de piedra partido por la mitad. Todos ellos tenían la copa irregular, como si los hubiera alcanzado un rayo, y un pájaro carpintero de madera estaba afilando su pico sobre la realista corteza. Lewis y Tarby llevaban un rato jugando en aquel bosque petrificado, pero ya estaban empezando a cansarse. El sol, rojo como el sol semejante a un tomate que había en la vidriera de casa de Jonathan, estaba poniéndose entre dos pinos torcidos. Lewis tiritó y se abrochó la chaqueta.

—Volvamos a mi casa —propuso—. La señora Zimmermann nos preparará chocolate caliente y yo te enseñaré auténtica madera petrificada. Mi tío la consiguió en un bosque del oeste que se convirtió en piedra de verdad.

Tarby parecía aburrido, pero también suspicaz.

—¿Y quién quiere volver a casa del vejestorio de tu tío? A mí me parece una casa de locos. Además, ¿por qué la vieja esa, la tal señora Zimmermann, está siempre con él? ¿Está enamorada de él? —Tarby se abrazó al árbol de piedra y empezó a besarlo con sonoros chasquidos de labios.

Lewis tenía ganas de llorar, pero consiguió de alguna forma contener las lágrimas.

—Seguro… Seguro que crees que lo único que sabe hacer mi tío es eclipses de luna —dijo Lewis. Aquello sonó muy tonto, pero no se le ocurría qué más decir.

Tarby se mostró interesado, aunque de una forma apática.

—Bueno —preguntó—, ¿y qué más sabe hacer?

Lewis no supo por qué dijo lo que dijo a continuación. Simplemente, se le ocurrió.

—Mi tío puede resucitar a los muertos.

Tarby dio una voltereta sobre uno de los adornos con forma de tronco.

—Ah, sí, claro que sí —resopló—. Mira, tu tío es un fraude. Esa noche, cuando hizo como si la luna hubiera desaparecido y todo eso, sólo nos hipnotizó. Mi padre me dijo que seguramente eso fue lo que pasó.

Lewis se quedó mirándolo fijamente.

—Dijiste que nunca le contarías a nadie lo que hicimos esa noche, ¿te acuerdas? Te hice prometérmelo.

Tarby miró a otro lado.

—Ah, sí, supongo que te lo prometí. Lo siento.

Los dos se sentaron y se quedaron en silencio durante largo rato. Del sol no quedaba más que un tenue resplandor rojizo. Se había levantado una brisa nocturna que revolvía las largas briznas de hierba que crecían entre las lápidas. Finalmente, Lewis se levantó y habló. La voz le salió desde lo más profundo de la garganta.

—¿Y si resucitara a un muerto yo solo?

Tarby lo miró. Rio divertido.

—Amigo, eso sería genial. Te imagino corriendo por Main Street a mitad de la noche perseguido por un fantasma —Tarby se levantó y empezó a agitar los brazos—. ¡Buuu! ¡Buuu!

A Lewis se le estaba poniendo la cara roja.

—¿Quieres ver cómo lo hago?

—Sí —respondió Tarby—. Sí que quiero. ¿Cuándo lo vas a hacer?

—Ya te avisaré —dijo Lewis, aunque no tenía la menor idea de qué iba a hacer, de cuándo iba a hacerlo o de cómo iba a hacerlo. Lo único que sabía era que tenía que intentarlo si quería conservar al único amigo que tenía en New Zebedee.

Durante la semana antes de Halloween, Lewis pasó un montón de tiempo en el despacho de su tío. Por lo general, a Lewis le dejaban explorar los libros de la biblioteca, pero si Jonathan hubiera sabido qué tipo de libros estaba consultando Lewis, lo habría detenido. Lewis era consciente de ello, así que se esperaba a que Jonathan fuera a visitar a alguien, o estuviera afuera rastrillando hojas secas, o haciendo gavillas de maíz en el jardín. Cuando sabía a ciencia cierta que nadie lo molestaría, Lewis empujaba las puertas de paneles de madera de nogal, entraba de puntitas en la biblioteca y corría la escalerita con rueditas hasta la parte de la estantería donde estaban colocados los libros de magia de Jonathan. Su tío le había prohibido consultarlos sin su permiso, así que Lewis se sintió muy mal por lo que estaba haciendo. Todo aquel asunto lo hacía sentir mal. Pero, de todas formas, siguió adelante.

Revisó todos aquellos extraños tomos antiguos, con sus pentáculos y sus pentagramas y sus anagramas y sus talismanes y sus abracadabras y sus largos encantamientos impresos en caligrafía gótica. Pero la mayor parte del tiempo lo invirtió en consultar un grueso tomo encuadernado en piel negra y titulado *Nigromancia*. La nigromancia es la rama de la magia que se ocupa de la resurrección de los muertos. La portada del libro era un grabado en el que el doctor John Dee, astrólogo personal de la reina Isabel I de Inglaterra, y su ayudante, Michael Kelly, invocaban el espíritu de una difunta en el camposanto de una iglesia a medianoche. Ambos hombres se encontraban dentro de un círculo de tiza pintado en el suelo. El borde del círculo estaba lleno de símbolos y palabras extrañas. Fuera de la circunferencia encantada flotaba una silueta vestida con un largo camisón. En la cabeza llevaba puesto un anticuado bonete fruncido, de esos con los que enterraban a las mujeres en el pasado. Lewis volvía constantemente a la ilustración porque le daba miedo. Pero leyó el resto del libro. Lo leyó entero y memorizó alguno de los encantamientos que contenía. Incluso copió uno de los pentagramas y el hechizo que lo acompañaba en un trozo de papel, y se lo guardó en el bolsillo.

El día de Halloween fue ventoso y oscuro. Lewis se sentó junto a la ventana de su habitación y contempló cómo el viento desnudaba a los árboles de las pocas hojas maltrechas y parduzcas que les quedaban. Estaba triste y asustado. Triste porque había desobedecido a su tío, que tan bien se portaba siempre con él, y asustado porque le había prometido a Tarby que lo vería en el cementerio a las doce en punto la noche de Halloween para que, entre los dos, resucitaran el espíritu de un difunto. O lo intentaran, al menos. Lewis no creía que fuera a funcionar y, en el fondo, tenía la esperanza de que no lo hiciera. Ya habían elegido la tumba. Era un mausoleo situado junto a la ladera de la colina en la que habían construido el cementerio. Lewis no tenía la más mínima idea de quién estaba enterrado allí. Tarby tampoco. La puerta del mausoleo ni siquiera tenía nombre. Pero, fuera cual fuera, seguramente empezaría con «O», porque esa era la letra que estaba grabada en el triángulo sobre el robusto arco de piedra antigua. Era una «O» un poco rara, y tenía este aspecto:

Esa noche, durante la cena, Lewis casi no habló. Era raro, porque normalmente parloteaba sin cesar sobre cualquier asunto, y en especial sobre cosas de las que no sabía nada. Jonathan le preguntó si estaba bien y Lewis respondió que claro que estaba bien, que era evidente. Jonathan y la señora Zimmermann intercambiaron una mirada de preocupación y volvieron a clavar la vista en él, pero Lewis siguió comiendo con la cabeza gacha. Cuando terminó de comer, retiró la silla de la mesa y anunció que no pensaba salir a pedir dulces con truco o trato porque ya era demasiado mayor para eso.

—¿Quieres decir que no vas a venir a casa a tomar sidra y donas? —preguntó la señora Zimmermann—. Porque si eso es lo que insinúas, me apareceré a medianoche a los pies de tu cama disfrazada de Griselda la Gris, el cadáver resucitado. Y eso es algo espantoso de ver.

Lewis alzó la vista. Tenía una mirada desquiciada en los ojos, pero consiguió forzar los labios en una sonrisa.

—No, señora Zimmermann —dijo—. Por nada del mundo me perdería una celebración con sidra y donas en su casa. Pero ahora mismo tengo que volver a mi cuarto a terminar uno de los libros de John L. Stoddard. He llegado a la parte emocionante —dicho lo cual, se levantó de la silla de un brinco, se excusó y subió corriendo a la primera planta.

Jonathan miró a la señora Zimmermann.

—Tengo la sensación de que pasa algo —dijo.

—Hurra por tu rapidez mental —replicó la señora Zimmermann—. Sí, pasa algo. Y presiento que no nos enteraremos de qué hasta que haya pasado.

—Tal vez no —respondió Jonathan mientras se encendía la pipa—. Pero me cuesta creer que Lewis se haya metido en algún lío. Y, desde luego, no pienso interrogarle cual padrastro malvado. Aun así, me gustaría saber qué se trae entre manos.

—A mí también —dijo la señora Zimmermann, pensativa—. ¿Crees que tendrá algo que ver con Tarby? Al muchacho se le está curando el brazo, y probablemente vuelva a jugar con los demás chicos dentro de poco. Eso significa dejar a Lewis de lado.

Jonathan se rascó la barbilla.

—Sí, puede que sea eso —razonó—. Tendré que hablar con él. Oye, por cierto, ¿te has fijado en que últimamente el reloj suena más alto?

Intentó parecer despreocupado, pero la señora Zimmermann interpretó el brillo de su mirada.

—Sí —dijo, esforzándose por sonreír—. Yo también lo he oído. Y quizá, si no le hacemos caso, terminará por remitir. Ha pasado otras veces, ya lo sabes. Una cosa es segura: no conseguirás que la cosa mejore merodeando por la casa con una palanca y levantando el revestimiento de madera de las paredes o asomando las narices por entre los tablones del suelo.

—Supongo que no —dijo Jonathan, con un suspiro—. Aunque, a base de persistencia pura y dura, tal vez consiga dar con esa maldita cosa. Por otro lado, eso implicaría echar la casa abajo, y todavía no estoy preparado para eso. No hasta que tenga la certeza de que el reloj es algo que puede causarnos daño. Y, de momento, eso no es más que una suposición. Dudo incluso de que sea un reloj real, físico, y no algún tipo de ilusión que el viejo Isaac Izard dejara para volver loca a la gente.

—Creo que es mejor no pensar en ello —opinó la señora Zimmermann—. Por lo menos hasta que no quede más remedio. Uno no puede prepararse para todos los desastres que podrían ocurrir en este terrorífico mundo nuestro. Si se nos aparece el demonio o descubrimos que se avecina el fin del mundo, algo haremos.

—Ajá. Nos esconderemos en el sótano. Anda, vamos a lavar los platos.

Lewis bajó de su habitación a las diez en punto y fue a casa de la vecina para tomar sidra y donas. Jonathan y la señora Zimmermann estaban esperándolo en la sala de estar. En una punta de la larga sala había una gran mesa redonda de madera de roble, cubierta con un mantel a cuadros limpio. En el centro de la mesa había una jarra de casi cuatro litros de sidra y un plato de donas espolvoreadas con azúcar glas, o «pan frito», como las llamaba la señora Zimmermann. En la chimenea de la otra punta de la habitación crepitaba un fuego violeta. Las sombras moradas aparecían y desaparecían sobre la alfombrilla y, sobre la repisa, el dragón del cuadro daba la sensación de estar retorciéndose, intentando liberarse y escapar. La verdad es que parecía bastante feroz.

—Buenas noches, Lewis —dijo Jonathan—. Acerca una silla y ataca.

Después de que Lewis se hubiera comido dos o tres donas, que pasó con cuatro grandes vasos de sidra, Jonathan anunció que el entretenimiento de la noche sería las Ilusiones Históricas, también conocidas como Escenas Famosas del Pasado. Le preguntó a Lewis qué escena del pasado era la que más le gustaría revivir.

Lewis contestó inmediatamente:

—Me gustaría ver la derrota de la Armada Invencible. No las escenas de batalla, porque sobre eso ya lo he leído todo en el libro de John L. Stoddard. Pero no cuenta qué pasó cuando tuvieron que rodear toda Inglaterra y Escocia para volver a su país. Me gustaría ver esa parte.

—Muy bien —dijo Jonathan—. Vamos a sentarnos junto a la chimenea.

Se levantaron y se acercaron al hogar, junto al cual los esperaban tres grandes y cómodos sillones. Cuando todos se acomodaron, Jonathan señaló con la pipa las dos velas eléctricas que había sobre la repisa. Lentamente, la electricidad comenzó a abandonarlas. Titilaron y se apagaron. Luego, los focos de la lámpara de araña que había sobre la mesa comenzaron a hacer lo mismo. La sensación era la de ver las luces de la casa atenuándose como en un teatro. Lewis notó un cosquilleo en la nariz y en la lengua. Era el olor y el sabor de la sal. Una bruma granulosa empezó a soplar en la sala y Lewis se dio cuenta de que estaba en un cabo cubierto de hierba. Jonathan estaba a su izquierda y la señora Zimmermann a su derecha. Frente a ellos iban y venían las olas de un helado mar gris.

—¿Dónde estamos? —preguntó Lewis.

—Estamos en John O'Groats —respondió Jonathan—. El punto más septentrional de Escocia. Estamos en el año 1588 y eso de ahí es la Armada Invencible, o lo que queda de ella. Vas a necesitar el catalejo para verla.

—¿El catalejo? —dijo Lewis.

Entonces se dio cuenta de que estaban en una pequeña plataforma de piedra, tras un muro que les llegaba a la altura de la cintura y seguía el contorno curvo del acantilado. Era como esos muros que hay en los miradores de los parques nacionales. Y acoplado a él había un pequeño catalejo de pago, con unas instrucciones protegidas por un cristal. Lewis se inclinó y leyó el cartelito, que decía:

CONTEMPLE LA ARMADA
Última oportunidad del año.
Deposite cinco chelines, si hace el favor.

Jonathan rebuscó en su chaleco y sacó dos grandes monedas de plata. Se las ofreció a Lewis. Eran dos medias coronas y cada una equivalía a dos chelines y medio en una antigua divisa británica. Lewis introdujo las monedas en la ranura. Se escuchó un zumbido. Acercó el ojo al catalejo y miró.

En un primer momento, lo único que vio fue una mancha lechosa. Pero, después de toquetear un poco la ruedecilla, Lewis divisó varios galeones enormes rompiendo las olas con parsimonia. Tenían las velas desgarradas, hechas jirones, y el cordaje deshilachado ondeaba enloquecido a merced del viento. Las largas hileras de troneras estaban cerradas para no dejar pasar el mar batiente y Lewis vio que tres de los cuatro barcos tenían remiendos en la madera de los costados. Alrededor de la parte central de uno de los pesados cascos había atado una especie de cable, presumiblemente para evitar que se desmembrara del todo.

Mientras Lewis observaba, las naves iban avanzando. Ahora veía sus altas popas, profusamente decoradas. Santos y obispos y dragones sostenían los marcos dorados de las ventanas de la nave o se aferraban a sus esquinas, recargadas de espirales. Lewis se dio cuenta de que a varias estatuas les faltaban brazos, o manos, o la cabeza. Un obispo ceñudo llevaba la mitra elegantemente ladeada.

Lewis giró el catalejo. Ahora estaba observando a un extraño hombrecillo. El hombre caminaba de un lado a otro por el puesto de mando de la nave más grande y ostentosa, y también la que peor parada había salido de todas. Llevaba una capa negra que apenas le llegaba a las rodillas, y tiritaba. Tenía unos largos y tristes bigotes, y parecía muy preocupado.

—¿Quién es el hombre que está en el barco más grande? —preguntó Lewis.

—Ese es el duque de Medina Sidonia. El capitán general del Mar Océano, lo que significa que es el comandante de la Armada de todo este desastre acribillado y medio hundido. Apuesto a que ahora mismo desearía estar en casa.

Lewis sintió lástima por el pobre duque. Mientras leía el libro de John L. Stoddard en la cama la noche anterior, había deseado poder estar allí, en los canales que rodeaban las islas británicas, comandando un robusto galeón inglés. Habría disparado una andanada de cañonazos tras otra contra el buque insignia del duque hasta haberlo hundido. Pero ahora quería ayudar a aquel hombre, si pudiera.

Mientras Lewis estaba allí pensando, Jonathan le dio un golpecito en el hombro y le señaló algo que no había visto. Allí, acoplado al muro, había un cañón. Un cañón de azófar de 10 kilos, instalado sobre un carro de madera de costados escalonados y sujeto por cuerdas atadas a unos anillos en su base y a otros idénticos en la pared. Las cuerdas servían para evitar que el cañón bajara rodando por la colina después de disparar.

—Vamos, Lewis —dijo Jonathan, sonriendo—. Disparemos un cañonazo a la armada. ¿No es lo que siempre has querido? Está cargado y listo para disparar. ¡Vamos!

Lewis parecía a punto de vomitar. Se le llenaron los ojos de lágrimas.

—¡Ay, no, tío Jonathan! ¡Sería incapaz! Pobre duque y pobres de sus hombres. ¿No podemos hacer nada por ellos?

Jonathan miró a Lewis fijamente y se frotó la barbilla.

—¿Sabes? —dijo despacio—, para ser un muchachito al que le encanta jugar a la guerra y simular asedios, eres sorprendentemente pacífico. Cuando estás cara a cara con la realidad, me refiero. Afortunadamente para ti, sin embargo, esto no es la realidad. Es una ilusión, como ya dije antes. Seguimos en la sala de la señora Zimmermann, con su mesa en una punta y su chimenea en la otra. Si tocas esa roca de ahí, verás lo mucho que su tacto se parece al de un sillón. Ese duque y esos barcos de ahí son menos reales que el humo y la niebla, igual que ese cañón. Vamos. Prueba a disparar.

Entonces, Lewis recobró el ánimo. Aquello sería divertido. De la nada apareció un soldado, vestido con el uniforme rojo de los guardianes de la Torre de Londres. Le tendió a Lewis una mecha humeante en un largo bastón. Lewis la acercó al oído del cañón. ¡Bum! El cañón retrocedió, tensando las cuerdas. Una penetrante nube de humo flotó a la deriva. Jonathan, que estaba peleándose con la señora Zimmermann por usar el catalejo de pago, dijo:

—Creo que... (¡Ay, apártate, Florence, búscate tu propia mirilla!) Creo que... Sí, has derribado el juanete de proa.

Lewis parecía satisfecho, aunque no tenía la menor idea de lo que era el juanete de proa. El soldado recargó el cañón y Lewis volvió a disparar. Esta vez arrancó un obispo de madera del recargado castillo de popa. Disparó unas cuantas veces más. Entonces, Jonathan hizo un gesto y otro guardia de la Torre de Londres subió corriendo por la colina cargado con una cubeta de madera. La cubeta estaba llena de chisporroteantes balas de cañón al rojo vivo —o «papas calientes», como solían llamarlas los marineros isabelinos—.

Los dos soldados cargaron el cañón. Primero vertieron en su interior el contenido de un barril de pólvora. Luego introdujeron guata húmeda para evitar que la bala encendiera la pólvora. A continuación, metieron dentro la bala, que siseó y echó humo tan pronto tocó la guata. Lewis volvió a acercar la vara con la mecha y el cañón retrocedió con un brinco. Observó la bala mientras se dirigía zumbando hacia el galeón del duque. A él le parecía una diminuta y enloquecida luna llena. Cuando la bala la alcanzó, la nave estalló en llamas. El duque de los bigotes lastimeros salió disparado hacia el cielo, tocando el arpa y sentado sobre una dona espolvoreada con azúcar. Y entonces Lewis, Jonathan y la señora Zimmermann regresaron a la sala de estar, junto a la chimenea.

—¡Bueno! —dijo Jonathan, frotándose las manos—. Y ahora, ¿qué te gustaría ver?

Lewis se lo pensó un poco. Estaba tan emocionado y feliz que casi había olvidado lo que tenía que hacer esa misma noche, unas cuantas horas después.

—Me gustaría ver la batalla de Waterloo —dijo.

Jonathan agitó su pipa y las luces volvieron a apagarse. Ahora estaban en la lodosa ladera de una colina en Bélgica. Era el año 1815. Estaba lloviendo, una llovizna brumosa y constante que ocultaba parcialmente la colina que tenían enfrente. En el valle, a sus pies, había unos diminutos cuadrados rojos. Mientras observaban, unas flechas azules se estrellaron contra ellos, los mellaron, los convirtieron en paralelogramos, trapezoides y rombos, pero no consiguieron romperlos. De la colina que había al otro lado surgieron nubecillas de humo. A Lewis le parecieron hongos. Tras él vio géiseres de tierra y roca pulverizada.

—La artillería de Napoleón —explicó Jonathan sin alterarse.

Más hongos afloraron en la ladera donde ellos estaban cuando Wellington decidió responder con sus propios cañones. Sobre ellos estallaron cohetes, verdes y azules y de un blanco chisporroteante y, por supuesto, de un morado precioso. En el valle se alzaron las banderas, se hundieron, volvieron a elevarse, cayeron de nuevo. Lewis, Jonathan y la señora Zimmermann lo contemplaron todo resguardados tras un muro bajo muy parecido al que había en John O'Groats.

Después de lo que pareció una eternidad, Lewis se percató de la presencia de una figura de pie a su derecha.

Un hombre alto y delgado, con un sombrero de tres picos y un abrigo negro con faldones, como un chaqué. Lewis lo reconoció inmediatamente. Era Wellington. Era exactamente igual a como lo había visto en la *Historia Universal* de John Clark Ridpath.

Wellington oteó el horizonte con su catalejo. Luego lo plegó con gesto triste y un chasquido, y sacó su reloj. El reloj, que se parecía muchísimo al que la señora Zimmermann llevaba colgado de una cadenita, sonó ocho veces. Wellington miró al cielo con los ojos en blanco, se llevó la mano al corazón y dijo en tono grave:

—¡Ay, que llegue la noche o que llegue Blücher!

—¿Por qué dijo eso, tío Jonathan? —preguntó Lewis. Había mirado las ilustraciones en el libro de Ridpath, pero nunca había leído la crónica de la batalla.

—Blücher es un general prusiano que viene a ayudar a Wellington —dijo Jonathan—. Napoleón ha enviado a Grouchy para que mantenga a Blücher ocupado.

Lewis rio divertido.

—¿Por qué le llaman Grouchy?[3]

—Porque ese es su nombre —respondió la señora Zimmermann.

—Sólo que se pronuncia «Grushí» porque es un nombre francés. Este orejón lo sabe, pero está intentando hacerse el chistoso. Bueno, Jonathan, ¿crees que Wellington ganará esta vez?

—No sé, Florence. Espera y verás.

---

[3] En inglés, malhumorado, gruñón. *(N. de la T.)*

Como aquello era una ilusión de Jonathan y no la batalla real y como aquella noche estaba un poco tonto, permitió que Napoleón ganara, para variar. La noche cayó con un ruido sordo, como el que hace un libro al caer de una estantería, pero Blücher no llegó. Las flechas azules penetraron en los cuadrados rojos, los dividieron, los despedazaron. Entonces, las flechas azules se convirtieron en un ejército que subía la colina marchando, un ejército de hombres altísimos, con unos gorros de piel de oso que los hacían parecer más altos todavía. Tenían largos bigotes negros y portaban mosquetes con bayonetas en el extremo. Venían por Wellington, que ahora tenía el rostro rojo y una expresión furiosa. Se quitó el sombrero de un tirón y lo pisoteó. Arrojó el reloj al suelo y también lo pisoteó.

—¡Uaaahhh! —gritó—. ¡Maldito meridiano de Greenwich! ¡En qué mala hora! ¡Quiero volver a casa inmediatamente!

Acto seguido, el escenario se transformó, y Lewis y el tío Jonathan y la señora Zimmermann volvieron a encontrarse en la oscura sala, junto a la hoguera cálida. El reloj de porcelana morada de la repisa tañó débilmente once veces. El espectáculo completo sólo había durado una hora.

Jonathan se levantó, se estiró, bostezó y sugirió que se fueran todos a la cama. Lewis le dio las gracias a la señora Zimmermann por la fantástica velada y volvió a casa con Jonathan. Fue al piso de arriba y se metió en la cama, pero no se durmió.

CAPÍTULO CINCO

Mientras las manecillas luminosas de su nuevo despertador Westclox se aproximaban a la medianoche, Lewis permaneció tumbado y completamente vestido bajo las mantas. La habitación estaba a oscuras. El corazón le latía con fuerza y no dejaba de repetirse a sí mismo: «Ojalá no tuviera que hacer esto. Ojalá no tuviera que hacer esto».

Se palpó el bolsillo de los pantalones, buscando el trozo de papel en el que había copiado el círculo mágico. En el otro bolsillo tenía un grueso trozo de gis amarillo. ¿Y si el tío Jonathan venía a su cuarto a comprobar si estaba bien? Sólo tendría que subirse las mantas hasta la barbilla y fingir que estaba dormido. Tic, tic, tic, tic. Lewis deseó que ya fuera la semana siguiente y que nunca le hubiera hecho aquella estúpida promesa a Tarby. Cerró los ojos y contempló las formas que se dibujaban en el interior de sus párpados.

Pasaron los minutos. De repente, Lewis se incorporó en la cama. Se apartó las mantas y miró el reloj. ¡Eran las doce y cinco! ¡Le había prometido a Tarby que se encontrarían en el cementerio a medianoche, y ahora iba a llegar tarde! ¿Qué podía hacer? Tarby no lo esperaría. Volvería a casa y al día siguiente les contaría a todos sus amigos que Lewis se había acobardado.

Lewis se frotó la cara e intentó pensar. El cementerio estaba en lo alto de una larga cresta que se erigía justo al otro lado del parque del arroyo Wilder. Había que caminar casi un kilómetro pasado el límite de la ciudad para llegar a la carretera que llevaba a la colina. Había un atajo, por supuesto, pero Lewis en principio no tenía intención de tomarlo. Ahora no tenía elección.

Lenta y cautelosamente, Lewis bajó al suelo. Se arrodilló y buscó su linterna bajo la cama. Era una linterna larga y anticuada, con el mango aflautado y un gran foco redondo en un extremo. El metal resultaba frío y resbaladizo al tacto. Fue hasta el armario y se puso su chamarra más gruesa. En la colina del cementerio podía llegar a hacer mucho frío.

Lewis abrió la puerta de su cuarto. El pasillo estaba a oscuras, como de costumbre, y podía escuchar cómo su tío roncaba en la habitación de al lado. Lewis se sintió fatal. Era como tener el estómago revuelto. Deseó con todas sus fuerzas poder entrar en el dormitorio de Jonathan, despertarlo, contarle la aventura en la que estaba a punto de embarcarse y por qué tenía que seguir adelante con ella. Pero no hizo nada de todo aquello. En cambio, cruzó el pasillo de puntitas y abrió la puerta que daba a las escaleras de servicio.

Lewis no tardó mucho en llegar a la otra punta de la ciudad. Cuando estuvo junto a la señal que decía «LÍMITE MUNICIPAL», husmeó por la cuneta de la carretera hasta encontrar la escalerita de madera que bajaba por la orilla de grava hacia el parque del arroyo Wilder. En ese momento del año, el arroyo no llevaba demasiada agua, así que Lewis lo vadeó. Notaba el agua congelada a la altura de los tobillos. Cuando llegó al otro lado, alzó la vista. Tenía las manos sudorosas y estuvo a punto de dar media vuelta y volver a casa.

Estaba contemplando la colina del cementerio. Era una colina alta, aplanada en la cumbre y dividida en dos por un estrecho camino de tierra. No era una colina difícil de escalar: en verano, los niños de New Zebedee la subían y la bajaban todos los días. Pero para Lewis, que les tenía miedo a las alturas, bien podía haber sido el monte Everest.

Lewis miró hacia la cima de la colina oscura y tuvo que tragar saliva un par de veces. Igual si tomaba el camino más largo… No, ya era tarde. Para cuando él llegara, Tarby ya podría haberse aburrido de esperar y haberse ido a casa. Lo último que Lewis quería era quedarse solo en el cementerio a aquellas horas de la noche. Agarró la linterna con fuerza y comenzó a trepar.

En el primer rellano, Lewis se detuvo. Jadeaba con fuerza y tenía la parte delantera de la chamarra empapada. Tenía manchas negras en las rodilleras de los pantalones y se le había enganchado una ramita en el zapato. Dos tramos más. Lewis apretó los dientes y continuó.

En lo alto de la colina, se dejó caer de rodillas y se maldijo varias veces. El sudor le bajaba a chorros por la cara y notaba cómo el corazón le martilleaba en el pecho. Bueno, lo había conseguido. No era un gran logro, porque Tarby probablemente habría escalado la colina en una décima parte del tiempo que le había llevado a él. Pero al menos lo había hecho.

Lewis miró a su alrededor. Estaba en el extremo de una larga avenida bordeada de sauces. Las ramas desnudas de los árboles se mecían con el viento y Lewis empezó a tiritar. Tenía mucho frío y se sentía muy solo. En la otra punta de la avenida, la verja gris del cementerio resplandecía. Lewis comenzó a caminar hacia ella.

La puerta del cementerio era un robusto arco de piedra decorado con elaboradas esculturas. En el dintel aparecían inscritas las siguientes palabras:

SE TOCARÁ LA TROMPETA

Y

LOS MUERTOS SERÁN RESUCITADOS

Lewis empujó la verja de hierro que rechinó y dejó atrás las hileras de lápidas blancas con rapidez. El mausoleo estaba al otro lado de la colina del cementerio, en la ladera que daba al valle profundo más allá de la ciudad. Un estrecho senderito llevaba hasta la plataforma de piedra que había frente a la puerta de la tumba. ¿Dónde estaba Tarby?

Cuando Lewis se volvió para buscarlo, alguien le dijo:

—¡Bu!

Casi se desmaya. Era Tarby, claro, escondido en las sombras del arco de piedra que había en la parte delantera del mausoleo.

—¡Hola! Sí que te tardaste—comentó Tarby—. ¿Dónde estabas?

—Me costó escalar —dijo Lewis, mirándose con pena los pantalones sucios y empapados.

—A los gordinflas siempre les cuesta —dijo Tarby—. ¿Por qué no adelgazas un poco?

—Ya, vamos a hacer lo que se supone que venimos a hacer —dijo Lewis. Estaba deprimido.

La losa de piedra resquebrajada y cubierta de moho que yacía en el umbral de la tumba quedaba ahora a la sombra de la colina. A su alrededor, todo estaba bañado por una brillante luz de luna. Lewis encendió su linterna y paseó el pálido haz por las feas puertas de hierro. Una pesada cadena mantenía las puertas juntas y estaba asegurada con un enorme candado en forma de corazón. Lewis apuntó la luz hacia lo alto. Allí, en la cornisa, estaba aquella extraña «O». El viento había dejado de soplar. Todo estaba en silencio. Lewis le tendió la linterna a Tarby y se arrodilló. Sacó el trozo de papel y el gis. Dibujó un gran círculo y, dentro, otro más pequeño. Así:

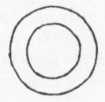

Mientras Tarby mantenía derecha la linterna, Lewis rellenó el borde de la circunferencia mágica con los símbolos que había copiado en el trozo de papel. Cuando terminó de dibujar con gis el último de aquellos extraños caracteres, aún quedaba un hueco vacío en el borde. Lewis había leído en el libro de Jonathan que, supuestamente, había que rellenar con el nombre del difunto. Pero no sabía cómo se llamaba.

—Bueno —dijo Tarby—, pues yo no veo ningún muerto.

—No está terminado —dijo Lewis—. Tenemos que escribir su nombre.

Tarby estaba indignado.

—¿Me estás diciendo que no sabes cómo se llama?

—No, no lo sé —suspiró Lewis—. Igual, si esperamos aquí sentados un minuto o dos, se nos ocurre.

Se arrodillaron en silencio ante la puerta de la tumba. Una repentina ráfaga de viento hizo gemir las hojas muertas de un roble que había allí cerca. Pasaron los minutos. Lewis tenía la mente completamente en blanco. Entonces, sin saber muy bien por qué, agarró el gis.

—Sujeta la linterna aquí abajo —dijo.

Lenta, cuidadosamente, lo deletreó. Lo raro era que él no estaba pensando en ningún nombre. Era como si otra persona le estuviera dirigiendo la mano. Con un último trazo de gis completó la palabra: «Selenna». Era un nombre extraño. Lewis nunca había conocido a nadie que se llamara Selenna. Ni siquiera sabía pronunciarlo, pero allí estaba.

Se levantó, con el papel arrugado en la mano. Entonces comenzó a entonar con voz aguda y nerviosa: «*Aba bēbē bachabē…*».

Calló. Tarby, que estaba acuclillado a su lado, le agarró el brazo y se lo estrujó con fuerza. De las profundidades de la tumba surgió un ruido. ¡Bum! Un sonido hueco y grave. Las puertas de hierro se sacudieron como si las hubieran golpeado desde dentro. La cadena tintineó y algo hizo un ruido sordo al chocar contra el suelo. El candado se había soltado. Y entonces, mientras los chicos hincaban las rodillas en el suelo, aterrorizados, aparecieron dos diminutos puntos de gélida luz gris. Flotaron, danzarines, frente a las puertas de la tumba, abiertas ahora de par en par. Y algo negro —más negro que la noche, más negro que tinta derramada en agua— empezó a rezumar a través del umbral.

Tarby sacudió a Lewis y le apretó aún más el brazo.

—¡Corre! —gritó.

Saltaron por el borde de la ladera y empezaron a rodar colina abajo. Lewis hizo parte del camino deslizándose sobre el vientre mientras las raíces le arañaban el rostro. Clavó las uñas en la hierba resbaladiza, pero no conseguía agarrarse a ella. Luego empezó a dar volteretas una y otra vez, y terminó bajando de espaldas. Las piedras le arañaban los omoplatos y lo golpeaban en la nuca. Y entonces estaba sentado en el camino de tierra, profundamente alterado, revuelto y pávido.

La luna emergió por detrás de un leve velo de nubes y miró a Lewis como si ella también estuviera asustada.

Tarby estaba despatarrado cerca de él, en una zanja llena de mala hierba. Se incorporó rápidamente y volvió la vista hacia la pendiente. Un momento después, volvía a tirar con fuerza del brazo de Lewis.

—¡Vamos! ¡Tenemos que salir de aquí! ¡Podría venir por nosotros! ¡Ay, vamos! ¡Vamos, por favor!

Lewis estaba aturdido y agitado, pero se levantó y siguió a Tarby por el siguiente tramo de colina y luego por el siguiente. Vadearon el arroyo y pronto estuvieron en el camino de grava que volvía a New Zebedee.

Por el camino, Lewis se detenía y temblaba sin parar. Tarby le pidió que parara de hacerlo.

—No puedo evitarlo —dijo Lewis con voz angustiada—. ¿Lo viste? ¡Era espantoso!

—No sé qué vi —respondió secamente Tarby—. Igual fue el reflejo de la luna o algo así.

Lewis lo miró fijamente. ¿Tarby estaba bromeando, o sólo trataba de negarse a sí mismo que había visto lo que realmente había visto? Lewis no lo sabía y tampoco le importaba. Lo único que sabía era que estaba terriblemente asustado.

Lewis regresó a casa a hurtadillas poco antes de las tres de la madrugada. Subió de puntitas las escaleras de servicio, comprobó que su tío estuviera dormido —lo estaba— y abrió sin hacer ruido la puerta de su cuarto. También sin hacer ruido cerró tras de sí. Luego, comenzó a desprenderse lentamente de la ropa sucia y mojada, que amontonó y lanzó a un rincón oscuro de su armario. ¿Dónde estaba la linterna? Debía de haberla agarrado

Tarby. Ya la recuperaría luego. Y en cuanto a la ropa, podría limpiarla sin que Jonathan se enterara.

Lewis se metió en la cama. Intentó dormir, pero lo único que veía al cerrar los ojos eran aquellos dos ardientes círculos de luz. Al final se quedó dormido, pero tuvo un sueño extraño. Manecillas de reloj y huesos de esqueleto lo perseguían sin parar alrededor de una lápida alta de piedra. Lewis se despertó sobresaltado y, por un momento, tuvo la sensación de que, en su dormitorio, y en la casa entera, resonaba el enérgico tictac de un reloj.

CAPÍTULO SEIS

A la mañana siguiente, cuando Lewis bajó a desayunar, el tío Jonathan estaba leyendo un artículo en la primera plana del *Crónica de New Zebedee*. Interesado, Lewis se asomó por encima de su hombro y esto fue lo que leyó:

VÁNDALOS PROFANAN UNA SEPULTURA
Se buscan respuestas a este acto insensato

Anoche, unos vándalos se colaron en el antiguo mausoleo de la familia Izard, en el cementerio Oakridge. Las puertas de la sepultura se encontraban abiertas de par en par y el candado roto, tirado en el suelo. Por desgracia, este incidente ha empañado la que, por lo demás, transcurrió como una noche de Halloween particularmente exenta de incidentes de vandalismo y destrucción gratuita. Lo que estas morbosas personas pretendieran lograr, por decirlo suavemente, se escapa a nuestras conjeturas, pero podría esperarse...

—Buenos días, Lewis —dijo Jonathan sin levantar los ojos del periódico—. ¿Has dormido bien?

Lewis se quedó pálido. ¿Lo sabría Jonathan?

La señora Zimmermann estaba sentada en la otra punta de la mesa, comiéndose tranquilamente un plato de cereal Cheerios.

—¿Dicen si perturbaron los ataúdes? —preguntó ella.

—No, no lo dice —respondió Jonathan—. Probablemente, el celador se limitó a cerrar las puertas y a asegurarlas con un candado nuevo. No lo culpo. A mí tampoco me gustaría mirar dentro de la tumba del viejo Isaac Izard.

Lewis se sentó. Tenía demasiadas cosas dándole vueltas en la cabeza y estaba intentando aclararlas.

—Yo… Yo estuve en el cementerio con Tarby un par de veces, tío Jonathan —dijo con cautela—, pero no vi ninguna tumba en la que dijera «Izard».

—Ah, bueno, es que no quería que su nombre estuviera escrito en la tumba. Cuando la preparó para enterrar los restos de su esposa, trajo a un picapedrero para que borrara el apellido de su familia y tallara una omega.

—¿Una omega? —preguntó Lewis—. ¿Qué es eso?

—Es la última letra del alfabeto griego, y los magos la usan mucho. Parece una «O», sólo que abierta en la parte de abajo. Es el símbolo del Juicio Final, del fin del mundo.

Lewis se sentó y se quedó mirando las diminutas oes de cereal que flotaban en su plato. Se obligó a comer unas cuantas.

—¿Y por qué querría tener algo así en su tumba? —preguntó Lewis. Estaba intentando disimular el temblor en su voz.

—Sólo Dios sabe, Lewis —dijo Jonathan—. Oye, no te dará miedo este asunto de los allanadores de tumbas, ¿verdad? El viejo Isaac Izard está muerto y enterrado. No vendrá a molestarnos.

Lewis miró a Jonathan. Luego miró a la señora Zimmermann. Si de algo estaba seguro era de que los dos se morían de ganas de que él se fuera al colegio y poder discutir el asunto a solas. Así que se terminó el desayuno, les murmuró un adiós a ambos, tomó sus libros y se marchó.

Jonathan y la señora Zimmermann querían, efectivamente, discutir el allanamiento a solas. Cualquier intromisión en la tumba de dos magos tan poderosos como Isaac y Selenna Izard merecía una conversación seria y no querían asustar a Lewis con su charla. Pero no tenían ni idea de lo que había hecho Lewis. Jonathan no tenía por costumbre asomarse por las noches para contemplar la dormida silueta de su sobrino, así que no albergaba la menor sospecha de que Lewis hubiera salido de la casa. Por supuesto, la señora Zimmermann y él llevaban preocupados un tiempo por el extraño comportamiento del chico, pero no establecieron ninguna conexión con lo que había pasado durante la noche de Halloween.

Tras su conversación —de la que no extrajeron ninguna conclusión salvo que allí se estaba tramando algo oscuro—, Jonathan y la señora Zimmermann decidieron que sería bueno para Lewis que esa noche lo llevaran a dar una vuelta por el condado de Capharnaum. Sabían que le encantaba pasear en coche y, como hacía tiempo que no iban a ningún lado, pensaron que tal vez una excursión aliviaría parte de su tristeza.

Pero ese día, cuando Lewis regresó a casa de la escuela, estaba deprimido y preocupado. Llevaba todo el día dándole vueltas al asunto de la tumba. Así que, cuando Jonathan retiró la silla de la mesa después de cenar y le preguntó si tenía ganas de dar una vuelta en coche, Lewis se limitó a encogerse de hombros y decir: «Sí, supongo que tengo ganas», con un tono como de gato agonizante.

Jonathan miró fijamente a Lewis durante un minuto entero, pero no dijo nada. Simplemente se levantó y fue a buscar las llaves del coche. Poco después, los tres —Jonathan, la señora Zimmermann y Lewis— se embutieron en el asiento delantero del Muggins Simoon de 1935 de Jonathan, un enorme coche negro con estribos y un parabrisas abatible. Escupiendo nubecillas de humo azulado, el vehículo dio marcha atrás por la accidentada entrada de la casa y salió a la calle. Condujeron durante horas, mientras el fulgor de la puesta de sol se resistía a desaparecer del todo y las hondonadas se llenaban de una niebla violácea. Dejaron atrás graneros con grandes carteles azules a los lados que decían «MASQUE TABACO MAIL POUCH». Dejaron atrás tractores verdes de la marca John Deere, estacionados en profundos surcos embarrados. Condujeron colina arriba y colina abajo, cruzaron los baches de los pasos a nivel con carteles en forma de «X» que decían «SAPO A NIVEL» si los leías mal. Y también por pueblecitos que no tenían más que una iglesia, alguna tienda con un surtidor de gasolina en la puerta y un poste con una bandera en el triángulo de hierba verde donde se cruzaban dos carreteras. Cuando se hizo de noche, estaban a muchos kilómetros de New Zebedee.

Ya estaban volviendo a casa cuando, sin motivo aparente para Lewis, Jonathan detuvo el coche. Apagó el motor y se quedó mirando la hilera de lucecitas verdes del tablero.

—¿Qué pasa, tío Jonathan? —preguntó Lewis.

—No dejo de oír mentalmente el ruido de otro coche en algún sitio —dijo Jonathan—. ¿Tú lo oyes, Florence?

—Sí, también lo escucho —dijo la señora Zimmermann, mirándola con desconcierto—. Pero ¿qué tiene eso de raro? El resto de la gente también tiene derecho a conducir por estas carreteras de noche, ¿sabes?

—¿Sí? —preguntó Jonathan en un tono extraño. Abrió la puerta del coche y pisó la grava—. Quédense ahí —les dijo.

Avanzó un poco por la carretera y se quedó ahí, escuchando. Incluso ahora que la puerta del coche estaba abierta, no oía más que el viento que soplaba entre los árboles a los costados de la carretera y el tintineo que hacía un cartel de hojalata al chocar contra una reja de alambre de púas. Habían estacionado el coche en la cima de una colina bastante alta, y ahora Lewis alcanzaba a ver unos faros que surgían de una hondonada para luego hundirse en la siguiente. Jonathan volvió corriendo al coche. Cerró la puerta con un sonoro golpe y encendió el motor.

Arrancándoles un chillido a los neumáticos, dio media vuelta y volvió por donde habían venido.

Lewis estaba asustado.

—¿Qué pasa, tío Jonathan? —preguntó.

—Pregúntamelo luego, Lewis. Florence, ¿qué camino es mejor (y distinto a éste) para volver a New Zebedee?

—Toma el próximo desvío a la derecha. Esa es la carretera de 12 kilómetros y lleva hasta la del arroyo Wilder. Y pisa el acelerador. Nos están pisando los talones.

Lewis había jugado muchas veces, cuando viajaba con su padre y su madre, a imaginar que tal o cual coche los perseguía. Era un buen juego para pasar el tiempo durante los largos y aburridos viajes nocturnos, y recordaba lo decepcionado que se sentía siempre cuando el coche misterioso doblaba para meterse por una calle lateral o un desvío. Pero aquella noche el juego era real.

Giraron por curvas muy cerradas, dando peligrosos volantazos y haciendo chirriar los neumáticos. Colina arriba, colina abajo, luego yendo a ciento veinte o ciento treinta kilómetros por hora en las rectas, que nunca eran muy largas en aquellas serpenteantes carreteras comarcales. Lewis nunca había visto a Jonathan conducir tan deprisa ni con tanta temeridad. Pero, independientemente de lo rápido que fuera, los dos fríos círculos de luz seguían ardiendo en el retrovisor.

Tanto la señora Zimmermann como el tío Jonathan parecían saber quién o qué viajaba en el coche que los perseguía. O, al menos, daba la sensación de que sabían que era alguien que tenía el poder de hacerles daño. Pero hablaban lo mínimo posible, salvo para deliberar de vez en cuando sobre qué dirección tomar. Así que Lewis se limitó a quedarse allí sentado, intentando tranquilizarse mientras miraba las luces verdes del tablero y notaba el cálido aliento de la calefacción en las rodillas. Por supuesto, también lo calmaba la presencia de los dos magos, cuyos cálidos y amigables cuerpos se apretaban contra el suyo en aquella aterciopelada oscuridad. Sin embargo, era consciente de que ellos estaban asustados y eso, a su vez, lo asustaba el doble a él.

¿Qué los perseguía? ¿Por qué el tío Jonathan o la señora Zimmermann no se limitaban a mover un brazo y convertir al malvado coche en un rollo de papel de aluminio? Lewis miró hacia los faros reflejados en el retrovisor y pensó en lo que había visto en el cementerio y en lo que Jonathan le había contado acerca de los anteojos de la señora Izard. Estaba empezando a elaborar una teoría en la que todos aquellos elementos encajaban.

El coche aceleró, escupiendo piedrecitas bajo los neumáticos. Descendió por depresiones bordeadas de árboles oscuros y de tronco esquelético, subió por altas colinas, una y otra vez, mientras la luna parecía acelerar su salida para mantenerles el rimo. Recorrieron gran parte del condado de Capharnaum aquella noche, porque el rodeo que dieron era muy largo. Después de lo que les parecieron horas conduciendo, llegaron a un cruce de tres carreteras. Mientras el coche derrapaba en la curva, Lewis vio —durante unos segundos— un cañón de la guerra civil, blanco de escarcha, una iglesia de madera con unas vidrieras borrosas y una pequeña tienda de pueblo con una ventana tenuemente iluminada en la que se leía «SALADA».

—Ya estamos en la carretera del arroyo Wilder, Lewis —dijo la señora Zimmermann mientras le rodeaba el hombro con el brazo—. Ya no falta mucho. No tengas miedo.

El coche aceleró. Los tallos muertos a orillas de la carretera se doblaban bajo el viento caliente que levantaba el vehículo y las ramas suspendidas sobre ellos arañaban el techo metálico. Los incandescentes agujeros blancos danzaban en el retrovisor igual que antes y parecían estar acercándose. Desde que la persecución había empezado, nunca habían conseguido estar a más de dos o tres coches de distancia de ellos.

Jonathan apretó el acelerador hasta el fondo. La aguja subió hasta los ciento treinta kilómetros por hora, algo que resultaba peligroso, por decirlo suavemente, en esas carreteras. Pero el mayor peligro estaba detrás de ellos. Así que Jonathan tomó lo mejor que pudo las amplias curvas circulares y las ruedas chirriaron y las salpicaderas casi tocaron el asfalto pulverizado a orillas de la carretera. Aquello era alquitrán y permitía conducir a mayor velocidad que la gravilla suelta.

Finalmente llegaron a la cima de una colina elevada y a sus pies, resplandeciendo beatíficamente a la luz de las estrellas —la luna hacía ya rato que había desaparecido— vieron el arroyo Wilder. Allí estaba el puente, un laberinto de vigas entrecruzadas. Bajaron rodando por la colina, cada vez más deprisa. El coche que iba tras ellos

los seguía, igualando su velocidad. Estaban casi llegando al puente cuando las luces en el retrovisor hicieron algo que los faros no habían hecho hasta entonces. Aumentaron de intensidad y resplandecieron hasta que el reflejo se convirtió en una cegadora franja de luz blanca. Lewis se tapó los ojos con las manos. ¿Lo habría dejado ciego? ¿Habría dejado ciego también a Jonathan? ¿Se iba a estrellar el coche o a…?

De repente, Lewis oyó el vibrante repiqueteo de los tablones del puente bajo el coche. Se apartó las manos de la cara. No se había quedado ciego. Jonathan estaba sonriendo y pisando el freno. A la señora Zimmermann se le escapó un profundo suspiro de alivio. Habían cruzado el puente.

Cuando Jonathan abrió la puerta para salir, Lewis se giró en el asiento y vio que el otro coche se había detenido justo antes de llegar al puente. Ahora tenía los faros apagados, salvo por dos llameantes puntitos amarillos. Lewis no pudo distinguir si había alguien dentro porque el parabrisas estaba velado por un tenue brillo plateado.

Jonathan se quedó allí, con las manos sobre la cadera, observando. Ahora no parecía asustado del otro vehículo. Lentamente, el coche misterioso dio media vuelta y se alejó. Cuando Jonathan volvió al Muggins Simoon, reía divertido.

—Ya ha pasado, Lewis. Relájate. Las brujas y los espíritus malvados no pueden cruzar corrientes de agua. Es una regla antigua, pero aún funciona.

—Podrías aprovechar para mencionar el dato —dijo la señora Zimmermann con su tono más pedante— de que Elihu Clabbernong construyó este puente de hierro en 1892. Se supone que lo hizo por el bien del condado, pero en realidad trataba de asegurarse de que el fantasma de su difunto tío Jedediah no cruzara el arroyo para alcanzarlo. Pero Elihu era un hechicero a tiempo parcial, y lo que puso dentro del puente de hierro…

—¡Ay, santo cielo! —exclamó Jonathan, tapándose las orejas—. ¿Pretendes repasar toda la historia del condado de Capharnaum a las cuatro de la madrugada?

—¿Tan tarde es? —preguntó Lewis.

—Tan tarde o más —dijo Jonathan, con voz cansada—. Hemos dado una buena vuelta.

Siguieron conduciendo hacia New Zebedee. De camino pararon en un restaurante que abría las veinticuatro horas y tomaron un contundente desayuno de waffles, huevos, papas al horno, salchichas, café y leche. Luego hicieron una buena sobremesa, recordando que habían escapado por un pelito. Lewis hizo muchas preguntas, pero no obtuvo muchas respuestas.

Cuando volvieron a New Zebedee, ya despuntaba el alba. El alba de un nublado día de noviembre. La ciudad y sus colinas parecían nadar en una gris y granulosa lobreguez. Cuando Jonathan se estacionó frente a la casa, dijo:

—Aquí pasa algo raro, Florence. Quédate en el coche con Lewis.

—¡Ay, cielos! —exclamó ella, frunciendo la boca—. ¿Qué más puede pasar?

Jonathan abrió la reja de hierro y subió por el sendero. Desde donde estaba sentado, Lewis alcanzó a ver que la

puerta principal estaba abierta. Aquello tenía fácil explicación, porque los habitantes de New Zebedee raramente
cerraban las puertas con llave y, a veces, los pestillos no se
enganchaban bien cuando los echaban. Jonathan desapareció en el interior de la casa y tardó diez minutos enteros
en regresar. Cuando lo hizo, parecía preocupado.

—Vamos, Florence —dijo, abriendo la puerta de su
lado del coche—. Creo que es seguro entrar. Pero alguien
ha estado en la casa.

Lewis rompió a llorar.

—No te han robado el narguile, ¿verdad? ¿Ni las monedas bombón?

Jonathan sonrió débilmente.

—No, Lewis. Me temo que no es tan sencillo. Alguien estaba buscando algo y creo que lo ha encontrado.
Vamos, entra.

Lewis esperaba encontrarse la casa completamente
desbaratada, con las sillas y las lámparas rotas y todo des-
perdigado por el suelo. Pero, cuando llegó al salón principal, todo estaba en orden. Al menos, eso era lo que parecía.
Jonathan le dio un golpecito en el hombro y apuntó con
un dedo hacia el techo.

—Mira ahí arriba —le dijo.

Lewis contuvo un grito. El plafón de latón que cubría el lugar donde la moldura se unía con el techo estaba
suelto. Pendía medio colgado de la cadena.

—Han hecho lo mismo en toda la casa —dijo Jonathan—. Han soltado todos los apliques de las paredes y las
lámparas de techo. Han volcado unas cuantas sillas y han

roto un par de jarrones para hacerlo pasar por un robo corriente, pero no nos engañemos. Quienquiera que haya sido tenía bastante idea de dónde debía mirar. Venga acá.

Jonathan llevó a Lewis y a la señora Zimmermann a la sala de estar, una habitación bastante poco utilizada, llena de sillas y sillones recargados de terciopelo rojo. En la pared, encima del armonio, había un aplique de latón con una lamparita idéntica a las que había en el resto de la casa: una deslustrada estructura en forma de copa, incrustada en la pared y con un tubito de latón torcido asomando de ella. En el extremo del tubo había una cavidad y una bombilla teñida de un frívolo tono rosa.

—Creía que habías dicho que el aplique estaba suelto —dijo Lewis.

—Lo estaba. Lo está —dijo Jonathan—. En este caso, Quienhayasido ha intentado dejarla como estaba, cosa un tanto estúpida teniendo en cuenta que todos los demás apliques de la casa están medio arrancados. Ha tirado de algunos de ellos todo lo que daba el cable. Pero creo que lo que Quienhayasido intentaba, de una manera muy torpe, era evitar que le prestara demasiada atención a éste en concreto.

Jonathan acercó una silla y se subió al asiento. Deslizó el aplique para sacarlo del todo y miró dentro. Entonces bajó de la silla y fue a la bodega a buscar una linterna. Cuando volvió, la señora Zimmermann y Lewis ya habían mirado dentro del aplique. Ambos estaban desconcertados. Lo que habían visto dentro del polvoriento plafón era una mancha de óxido verdoso. A Lewis le recordaba el que aparecía en las grietas y surcos de las monedas romanas de cobre que usaban para jugar pókar. Era la marca dejada por algo que llevaba mucho, muchísimo tiempo oculto en el antiguo plafón de latón. La marca tenía este aspecto:

—Parece una llave para dar cuerda a un reloj —dijo Lewis, con un hilillo de voz ronca.

—Sí, así es —respondió Jonathan. Recorrió el interior del plafón con el haz de luz y entrecerró los ojos con fuerza.

—Tío Jonathan, ¿qué significa todo esto? —a Lewis le sonaba la voz como si fuera a romper a llorar en cualquier momento.

—Ojalá lo supiera —replicó Jonathan—. De verdad, ojalá lo supiera.

CAPÍTULO SIETE

Aquel noviembre llovió mucho en New Zebedee. La fría lluvia cayó sin descanso todas las noches, dejando una capa de escarcha helada en las aceras por las mañanas. Lewis se sentó en el alféizar de la ventana y contempló cómo la lluvia picoteaba las tejas descascarilladas del tejado del porche delantero. Se sentía revuelto. Era una sensación vacía, negra, en la boca del estómago. Le reconcomían la culpa y el remordimiento porque sabía lo que había hecho o, al menos, pensaba que lo sabía. Había liberado a la señora Izard de su tumba y ella ahora había robado la llave. La llave que daba cuerda al reloj mágico que sonaba en las paredes de la casa de Jonathan y repiqueteaba por la mañana, a mediodía y por la noche, a veces más alto, otras más bajo, pero sin parar jamás.

¿Qué iba a suceder? ¿Cómo podría alguien detenerla? ¿Habría usado ya la llave? ¿Qué pasaría si lo hacía? Lewis no conocía la respuesta a ninguna de aquellas preguntas.

Tal vez hubiera resultado de ayuda hablar de todo aquello con Jonathan, pero entonces tendría que reconocer lo que había hecho. Y a Lewis le daba miedo hacerlo. No era porque el tío Jonathan fuera un hombre con el que costara hablar las cosas. De hecho, era más fácil hablar con él que con la mayoría de la gente que Lewis conocía, mucho más fácil de lo que había sido nunca hablar con su propio padre. Entonces, ¿por qué tenía miedo Lewis?

Bueno, pues tenía miedo porque sí y punto. Tal vez fuera porque su madre lo había amenazado una vez con mandarlo a un reformatorio por portarse mal. El reformatorio era una enorme casa blanca a las afueras de la ciudad en la que Lewis vivía con sus padres. Estaba en la cima de una colina bastante alta y tenía barrotes y malla de alambre en las ventanas. Allí era donde se mandaba a los chicos y las chicas que se portaban mal, o al menos eso era lo que decía todo el mundo. Lewis nunca había conocido a nadie a quien hubieran mandado allí. Por supuesto, la madre de Lewis nunca lo hubiera enviado a ese lugar por portarse mal. No lo decía en serio. Pero Lewis eso no lo sabía. Y ahora, cuando pensaba en contarle a su tío lo que había pasado en la noche de Halloween, el reformatorio le venía a la cabeza y le entraba miedo. No era un miedo lógico, teniendo en cuenta el tipo de hombre que era Jonathan. Pero no hacía tanto tiempo que Lewis lo conocía y, de todas maneras, la gente no siempre actúa de manera tan lógica.

Y había otra cosa que se sumaba a la desesperación de Lewis. Había perdido a Tarby. Lo había perdido a pesar de todas sus incursiones secretas y planes o tal vez lo había perdido precisamente por eso. Una cosa era decir que podías resucitar a los muertos, pero cuando lo hacías... Bueno, a la gente común y corriente nunca le había gustado demasiado la compañía de los magos. Ahora Tarby les tenía miedo o igual lo que ocurría era que se la pasaba mejor con los demás chicos, los que sabían anotar carreras y atrapar tiros elevados. En cualquier caso, Lewis no había vuelto a ver a Tarby desde la noche de Halloween.

El mes siguió avanzando, la lluvia siguió cayendo y no volvió a pasar nada misterioso ni maléfico. Hasta el día —fue el 3 de diciembre— en que el matrimonio Hanchett se mudó.

El matrimonio Hanchett vivía enfrente del tío Jonathan, en una casa cuadrada de madera oscura y con unas ventanitas muy pequeñas, de esas que tienen celdillas de vidrio en forma de rombo y se abren hacia dentro, en lugar de deslizarse hacia arriba o hacia abajo. Los Hanchett eran una pareja simpática de mediana edad y se llevaban muy bien con Jonathan y la señora Zimmermann, pero una mañana desaparecieron. Un par de días después de su desaparición, llegó una camioneta de mudanzas y un par de transportistas vestidos con uniformes grises metieron dentro todos los muebles de los Hanchett y se marcharon. Un agente inmobiliario vino y colgó un cartel blanco y rojo en la puerta. El cartel decía:

¡HOLA! ¿QUÉ TAL?
ESTOY EN VENTA
Llama a Obispo Barlow, Agentes Inmobiliarios
Teléfono: 865

Obispo Barlow no era un obispo de verdad. Obispo era su nombre de pila. Lewis lo conocía: era un tipo gordo y charlatán que siempre llevaba lentes de sol, incluso en los días de lluvia. Fumaba unos puros baratos y apestosos y vestía unas chamarras deportivas que parecían tiendas de campaña.

Jonathan parecía muy afectado por la partida de los Hanchett. Llamó a su hijo, que trabajaba como abogado en Osee Five Hills, y se enteró de que los Hanchett estaban viviendo con él. La atemorizada pareja se negaba a hablar con Jonathan por teléfono, y parecían culparlo de lo que fuera que los había obligado a marcharse de casa. El hijo no parecía saber mucho más sobre el asunto. Murmuró algo sobre fantasmas y «jugar con magia», y colgó.

Un día, Lewis volvía a casa desde la escuela cuando vio que una pequeña camioneta de mudanzas se estacionaba frente a la casa vacía del matrimonio Hanchett. Las grandes letras del costado en la camioneta decían «Trans-portes Terminus cia». Lewis estaba a punto de cruzar la calle para ver cómo los hombres descargaban la camioneta cuando se dio cuenta, con sorpresa, de que conocía al conductor. Era Mangomartillo.

Todos los niños de New Zebedee sabían quién era Mangomartillo y si eran mínimamente listos le tenían miedo. Era un anciano indigente y malhumorado que vivía bajo las vías del tren, en una choza de cartón alquitranado, y tenía fama de saber predecir el futuro. Una vez, en un caluroso día de verano, Lewis estuvo hasta atrás de una multitud de niños que se agolpaba a las puertas de la choza de Mangomartillo. Recordaba haberlo visto sentado en el hueco de la puerta sobre una silla de cocina rota. Estaba contando historias sobre la Última Noche del Mundo, para la que —si creías lo que decía— no faltaba mucho. Detrás de Mangomartillo, en el desorden y la oscuridad de la vieja choza, se alineaban varias hileras de lisos mangos amarillos: mangos de hachas, de azadones, de martillos. Los fabricaba y los vendía. De ahí le venía el nombre.

Lewis se quedó allí plantado, preguntándose qué haría conduciendo una furgoneta de mudanzas. Mangomartillo cerró la puerta del conductor con un sonoro golpe y cruzó la calle. Miró fugazmente a su alrededor y agarró a Lewis por el cuello de la camisa. Ahora su rostro hirsuto estaba muy cerca del suyo y el aliento le olía a whisky y tabaco.

—¿Qué carajos estás mirando, niño?

—Na-nada. A-a mí sólo me gusta ver cómo se muda la gente.

Estaba haciéndose de noche y Lewis se preguntó si alguien lo estaría viendo. Si gritaba, ¿acudirían Jonathan o la señora Zimmermann?

Mangomartillo soltó a Lewis del cuello.

—Mira, niño —dijo, con su voz dura y rasposa—, mantén las narices en tu lado de la reja, ¿de acuerdo? Y eso va también para el gordo de tu tío. No me molesten, ¿estamos? —lanzó una última mirada asesina a Lewis, se dio media vuelta y volvió a la furgoneta.

Lewis se quedó allí, temblando durante unos segundos más. Tenía todo el cuerpo sudado. Luego le dio la espalda y cruzó corriendo la reja abierta, subió por el sendero y entró en la casa.

—¡Tío Jonathan! ¡Tío Jonathan! —gritó.

Abrió las puertas del despacho de un tirón y se asomó. Ni rastro de Jonathan. Le llamó a gritos en la sala y en la cocina y por el hueco de la escalera. Finalmente, el tío Jonathan apareció en lo alto de los escalones. La bata que vestía imitaba las togas que los profesores universitarios usan en las ceremonias de graduación, negro y con rayas rojas en las mangas. Con una mano sostenía el largo mango de un cepillo que aún goteaba. Con la otra, el libro que había estado leyendo en la bañera.

—¿Sí, Lewis? ¿Qué pasa?

En un primer momento sonó molesto, pero cuando vio el estado de nerviosismo en el que se encontraba Lewis, soltó el libro y el cepillo y bajó torpemente las escaleras para abrazar al niño. Fue un abrazo húmedo, pero al chico le sentó bien.

—¡Lewis, pequeño! —dijo Jonathan, arrodillándose frente a él—. Por amor de Dios, ¿qué te pasa? ¡Tienes muy mala cara!

Lewis, tartamudeando e interrumpiéndose varias veces, le contó a Jonathan lo que había pasado. Cuando hubo terminado, vio que a su tío le cambiaba la cara. Ahora tenía una expresión dura, furiosa, pero su rabia no iba dirigida hacia Lewis. Se levantó, se ciñó la bata y caminó con paso ofendido hacia la puerta. Por un momento, Lewis creyó que Jonathan iba a desafiar a Mangomartillo allí mismo, en aquel preciso instante. Pero se limitó a abrir la puerta de la mansión y a mirar al otro lado de la calle, hacia la casa del matrimonio Hanchett. Los trabajadores estaban izando la plataforma trasera de la camioneta y preparándose para partir. Aparentemente, no había mucho que descargar.

Con los brazos cruzados, Jonathan contempló cómo la camioneta se marchaba.

—Debí de haber imaginado que él tendría algo que ver —dijo con amargura.

Lewis miró a su tío. No tenía la menor idea de qué estaba pasando y, aunque no sabía por qué, tenía miedo de preguntarle a Jonathan qué había querido decir.

Esa misma noche, en la cena, Lewis le preguntó a Jonathan por qué Mangomartillo se había portado tan mal con él. Jonathan soltó el tenedor y, furioso, dijo:

—¡Pues porque es malo! ¿Por qué iba a ser, si no? ¿Necesitas más explicaciones? Limítate a no acercarte a él y no te pasará nada. Y aléjate también…, aléjate… ¡Ay, ya no sé ni lo que digo! —se levantó y salió del comedor dando pisotones. Lewis oyó que las puertas de su despacho se cerraban de un portazo.

La señora Zimmermann extendió la mano sobre la mesa y la apoyó delicadamente sobre la de Lewis.

—No te preocupes, Lewis —dijo—. No está enfadado contigo. Pero últimamente tiene muchas preocupaciones y no duerme demasiado. Vamos, vamos a mi casa y juguemos una partida de ajedrez.

—Está bien —Lewis agradeció la sugerencia.

Jugaron al ajedrez hasta las diez aquella noche y, como Lewis ganó la mayoría de las partidas, cuando volvió a casa estaba de buen humor. En el piso de arriba, vio una rendijita de luz bajo la puerta del dormitorio de Jonathan. Decidió no molestarlo. Cuando estuvo preparado para meterse en la cama, Lewis se acercó al alféizar de la ventana, se sentó y retiró la pesada cortina.

Era una noche fría, estrellada y luminosa. El depósito de agua en lo alto de la colina resplandecía a la luz de la luna y los tejados de las casas eran unas oscuras siluetas puntiagudas. Había luces encendidas en las casas a ambos lados de la de los Hanchett. En una ventana, Lewis vio el gris resplandor de acuario que emitía uno de aquellos nuevos aparatos de televisión. Jonathan todavía no se había comprado uno. La casa de los Hanchett parecía estar sumida en la oscuridad más profunda, salvo por tenues zonas de luz en el tejado. A la luz del farol de la calle, Lewis vio que había un coche estacionado en la entrada de la casa.

Estaba a punto de correr la cortina e irse a dormir cuando la luz del porche de la casa de los Hanchett se encendió. Dos escarchadas hojas de vidrio en la puerta de entrada refulgieron de amarillo. Luego, una de las hojas de la puerta retrocedió hacia el interior de la casa. Alguien salió a los escalones de la entrada. Lewis vio cómo quienquiera que fuera se quedaba allí de pie, sin hacer nada, aspirando el aire glacial de aquella noche de diciembre. Le pareció distinguir el tenue brillo de unos anteojos, pero a esa distancia no podía estar seguro.

Pasado un rato, la oscura silueta entró en la casa y cerró la puerta. La luz del vestíbulo se apagó. Lewis se quedó allí un rato, pensando y luego corrió la cortina y se metió en la cama.

CAPÍTULO OCHO

Al día siguiente, Jonathan estaba ayudando a Lewis a buscar sus patines de hielo en el armario del pasillo principal. Lewis era un niño de tobillos flojos y le aterrorizaba la posibilidad de caerse en el hielo, pero había decidido intentar aprender a patinar. Si conseguía hacerlo lo suficientemente bien, tal vez, poco a poco, consiguiera recuperar la atención de Tarby. Nunca había visto a Tarby patinando sobre hielo, pero estaba seguro de que el mayor bateador del equipo era también el mejor patinador sobre hielo de toda New Zebedee. Probablemente sería capaz de firmar su nombre sobre el hielo del estanque Durgy con las cuchillas de sus patines.

Así que Lewis y Jonathan sacaron al pasillo raquetas de bádminton torcidas, abrigos de piel de mapache, botas de agua y canastas de picnic. Y, al final, Jonathan encontró algo parecido a una especie de esquí de aluminio en miniatura para un enano. Era un patín de principiante, con dos pequeños rieles para meter dentro los zapatos.

—¿Esto es?

—Ese es uno. Muchas gracias, tío Jonathan. Ahora sólo tenemos que encontrar el otro.

Mientras seguían buscando, Lewis preguntó, en lo que a él le pareció un tono bastante despreocupado:

—¿Quién vive en la antigua casa de los Hanchett?

Jonathan se incorporó repentinamente dentro del armario y se golpeó la cabeza contra la estantería. Cuando terminó de frotarse la coronilla y de poner muecas de dolor miró a Lewis y, de forma bastante brusca, preguntó:

—¿Por qué quieres saberlo?

—Pues nada más —respondió Lewis tímidamente. Volvió a preguntarse una vez más por qué su tío estaría tan enfadado.

Jonathan salió del armario con el otro patín. Lo tiró encima de un montón de ropa.

—Así que por saberlo nada más, ¿eh? Bueno, Lewis, pues hay cosas que es mejor que no sepas. Así que, si me permites un consejo, deja de meterte donde no te incumbe. Aquí tienes tu otro patín y… que pases un buen día. Tengo mucho trabajo que hacer en el despacho y ya he perdido bastante tiempo respondiendo a tus estúpidas preguntas.

Jonathan se levantó abruptamente y se encaminó hacia el despacho con gesto ofendido. Acababa de cerrar las puertas con un sonoro estruendo cuando se detuvo y volvió al armario, donde Lewis seguía de rodillas con los ojos llenos de lágrimas.

—Por favor, perdóname, Lewis —se disculpó, con voz cansada—. Últimamente me encuentro un poco estresado.

Demasiados puros, supongo. Y en cuanto a la casa de enfrente, escuché que se la alquilaron a una anciana que se llama señora O'Meagher. Es un tanto gruñona…, o eso me dijeron. La verdad es que no la conozco y… Y lo único que yo quería era que no te pasara nada malo. —Jonathan sonrió, nervioso y le dio a Lewis una palmadita en el hombro. Luego se levantó y se acercó a la puerta del despacho. Volvió a detenerse—. No vayas a su casa —se apresuró a decir y luego entró en el despacho y cerró las dos hojas de la puerta. Con fuerza.

Lewis sintió que un entramado de hilos de misterio y miedo y tensión lo acorralaban por todos lados. Nunca había visto a su tío comportarse así. Y sintió más curiosidad que nunca por la nueva vecina de la casa de enfrente.

Una noche, la semana antes de Navidad, después de una fuerte nevada, a Lewis lo despertó el sonido del timbre de la casa. ¡Riiing! ¡Riiing! No era un timbre eléctrico, sino un viejo y cansado timbre mecánico colocado en el centro de la puerta de entrada. Alguien estaba girando la llave plana de metal y haciendo rechinar sus agarrotados engranajes. ¡Riiing! ¡Riiing!

Lewis se incorporó en la cama y miró el reloj de su buró. Las dos manecillas luminosas estaban enderezadas. ¡Medianoche! ¿Quién podía ser a esas horas? Tal vez el tío Jonathan bajaría a abrir. Lewis sintió frío sólo de pensar en las corrientes de aire del pasillo principal. Se envolvió el cuerpo con la colcha y tiritó.

El timbre volvió a sonar. Parecía una persona quejumbrosa que se aferra con alguna estupidez durante una discusión. En la habitación de Jonathan no se oía nada. Bueno, nada que indicara que se había despertado, más bien. Lewis podía oír los sonoros y constantes ronquidos a pesar de la gruesa pared que separaba sus dormitorios. Jonathan sería capaz de seguir durmiendo en medio de un bombardeo de artillería.

Lewis se levantó. Retiró las mantas, se puso la bata y encontró las pantuflas. Sin hacer ruido, recorrió lentamente el pasillo y luego bajó por la escalera oscura. En la entrada del salón principal se detuvo. Había una lámpara encendida justo enfrente de la puerta, que recortaba una sombra negra e inclinada contra la cortina plisada de la entrada. Lewis se quedó inmóvil y contempló la sombra. No se movía. Muy lentamente, empezó a avanzar. Cuando llegó a la puerta, cerró los dedos alrededor del frío pomo y lo giró. La puerta chirrió al abrirse y un viento helado se arremolinó en torno a sus tobillos desnudos. Allí, frente a él, estaba su tía Mattie, que estaba muerta.

Lewis retrocedió cuando la anciana, con la cabeza ladeada como siempre hacía, se bamboleó hacia él. Una temblorosa luz azul llenaba el aire a su alrededor y Lewis, con los ojos abiertos de par en par en aquella pesadilla, volvió a ver a su tía Mattie exactamente igual que cuando la había visto viva por última vez. Llevaba un vestido negro y arrugado, unos pesados zapatotes de tacón grueso y golpeaba el suelo con un abultado paraguas negro al caminar. Lewis llegó incluso a pensar que olía a queroseno

—su casa, sus muebles y su ropa siempre apestaban a parafina—. El borrón mohoso que era su rostro se sacudía y resplandecía mientras decía, con una voz espantosamente familiar:

—¿Qué pasa, Lewis? ¿No te alegras de verme?

Lewis se desmayó. Cuando se despertó, estaba tendido de espaldas en el pasillo helado. La titilante luz azul había desaparecido. La tía Mattie también, aunque la puerta de la entrada estaba abierta. El viento soplaba copos de nieve a través del umbral de la puerta y el farol lucía silencioso y frío, al otro lado de la calle. ¿Habría tenido un sueño sonámbulo?

Lewis lo dudaba. Nunca antes había sufrido episodios de sonambulismo. Se quedó allí durante un minuto, pensando. Y, sin saber por qué, salió al porche arrastrando los pies y empezó a bajar los peldaños cubiertos de nieve. Tenía tanto frío en los pies que le quemaba, pero siguió hasta llegar a la mitad del sendero. Entonces se dio media vuelta y miró hacia la casa. Tuvo que contener un grito. Había luces extrañas jugueteando en las ventanas vacías y las rugosas paredes de arenisca. Las luces no habrían resultado extrañas en el mediodía de un día de verano, pero en mitad de una noche de diciembre resultaban espeluznantes. Porque eran las luces que se asoman entre las hojas de los árboles, las circunferencias movedizas y las medialunas que los rayos del sol proyectan al colarse por entre el follaje.

Lewis permaneció en el sitio, observando, durante varios minutos. Luego, las luces se atenuaron y se quedó solo en el jardín oscuro y cubierto de nieve. El castaño le espolvoreó una fina capa de nieve sobre la cabeza y eso le sacudió el trance de encima. Sintió un cosquilleo en los pies dormidos y, por primera vez, notó cómo el viento gélido le atravesaba la fina tela de la pijama y de la bata de algodón entreabierta. Tiritando, Lewis volvió a subir trastabillando por el sendero.

Cuando llegó a su dormitorio, se sentó en el borde de la cama. Sabía que no iba a poder volver a dormirse. En la chimenea había todo lo necesario para encender el fuego y sabía dónde estaba el cacao para prepararse un chocolate. Minutos después, Lewis estaba sentado junto a una cálida y alegre hoguera que arrojaba acogedoras sombras sobre el mármol negro de su chimenea particular. Le dio un sorbo a la pesada taza de cerámica en la que humeaba el chocolate e intentó pensar en cosas agradables. No se le ocurrió ninguna. Tras una hora ahí sentado, bebiendo chocolate y dándole vueltas a la cabeza, encendió la lámpara de pie, sacó de la estantería la segunda conferencia de John L. Stoddard sobre China y se sentó a leer junto al fuego hasta el alba.

Al día siguiente, en el desayuno, Lewis vio que Jonathan tenía los ojos rojos y se comportaba como si estuviera nervioso. ¿Algo habría perturbado también su sueño? Jonathan no había hablado con Lewis acerca del robo ni de la persecución en coche ni de la tumba de los Izard y Lewis no se atrevía a sacar ninguno de aquellos temas. Pero sabía que algo preocupaba a Jonathan y también sabía que, desde el día en que habían entrado a robar, Jonathan y la señora Zimmermann se reunían a medianoche para hablar. Había escuchado sus voces a través de las rejillas de la calefacción, aunque nunca conseguía descifrar lo que decían. Pensó en esconderse en el pasadizo secreto un par de veces, pero le daba miedo que lo descubrieran. Un pasadizo al que se accede a través de la alacena de la porcelana, llena de platos tintineantes, no es tan secreto como cabría esperar. Y si se activaba algún cerrojo secreto y se quedaba encerrado, se vería obligado a gritar para que lo sacaran de allí y entonces no tendría más remedio que dar explicaciones.

Lewis casi deseaba que pasara algo así, porque estaba harto de su secreto. Estaba harto de él porque lo distanciaba de Jonathan y de la señora Zimmermann. Tenía la sensación constante de que estaban observándolo, esperando a que se derrumbara y lo contara todo. ¿Cuánto sabían?

Aquel año, en el número 100 de High Street, la Navidad fue buena y mala. Había un enorme abeto en el despacho y las bolas de cristal que lo decoraban eran mágicas. Algunas veces reflejaban la habitación y otras mostraban ruinas de yacimientos antiguos o planetas desconocidos. Jonathan le regaló a Lewis varios juguetes mágicos, entre ellos un gran huevo de Pascua —o de Navidad, más bien— de color rosa, cubierto de una sustancia brillante que parecía glaseado, aunque no se podía comer. Si Lewis miraba dentro del huevo, podía ver cualquier batalla de la Historia que se le antojara. No como había sido en realidad, sino como él quisiera que fuera. Aunque no lo sabía, el huevo, igual que las bolas del árbol de Navidad, también podía mostrarle escenas en otros planetas. Pero no logró descubrir aquella propiedad del huevo mágico hasta que se hizo adulto y comenzó a trabajar como astrónomo en el observatorio del monte Palomar.

Jonathan hizo muchas otras cosas aquella Navidad. Puso velas en todas las ventanas de la casa —velas eléctricas, no de verdad, porque le gustaban más las eléctricas— y colocó potentes lámparas tras las ventanas que tenían vidrieras para que proyectaran preciosos dibujos rojos, azules, dorados y morados sobre la nieve oscura que centelleaba fuera de la casa. Inventó al Enanito de la Caja de Fusibles, un hombrecito que se aparecía por detrás de las latas de pintura de la bodega y gritaba: «¡Priiip! ¡Priiip! ¡Soy el Enanito de la Caja de Fusibles!». Lewis no le tenía miedo a aquel hombrecillo y sentía que quienes gritan «¡Priiip!» son más merecedores de lástima que de reproches.

Huelga decir que Jonathan organizó un espectáculo muy bueno con el espejo del perchero de los abrigos, aunque éste tenía la costumbre de mostrar una y otra vez las ruinas de Chichén Itzá. No se sabía muy bien cómo el espejo había conseguido sintonizar la emisora WGN dentro de sus bordes biselados, así que cuando Lewis salía por la puerta por las mañanas, escuchaba los promedios del índice bursátil y los informes del mercado ganadero del Dow Jones.

Lewis intentó divertirse esas Navidades, pero le fue difícil. No podía quitarse de la cabeza que el espectáculo de magia de Jonathan en realidad pretendía enmascarar lo que estaba pasando dentro de la casa. Y lo que estaba pasando era difícil de discernir, sin duda también era aterrador e insólito. Después de la noche en que Lewis vio —o soñó que veía— a su tía Mattie, la casa parecía más extraña que nunca. A veces, en algunas habitaciones, el aire parecía brillar como si la casa fuera a desaparecer al segundo siguiente. A veces, las vidrieras de las ventanas mostraban escenas oscuras y aterradoras. Y a veces, en los rincones de las habitaciones, Lewis veía esas horribles apariciones que la gente impresionable imagina acechando justo al límite de su campo visual. Caminando de una habitación a otra, incluso a plena luz del día, a Lewis se le olvidaba qué día era, qué estaba buscando y, a veces, hasta quién era. Una noche soñó que deambulaba por la casa en 1890, cuando todo estaba nuevo y recién barnizado. Un par de veces se despertó de aquel tipo de sueños y vio luces parpadeando en las paredes de su dormitorio. Aquellas veces no parecían rayos de sol colándose a través del follaje, sino pedazos y jirones de luz anaranjada, como la que se ve en las esquinas de una casa durante una puesta de sol.

Aquellas cosas insólitas no pasaban todo el tiempo, claro, sólo sucedieron de vez en cuando durante el largo y frío invierno de finales de 1948 y comienzos de 1949. Cuando llegó la primavera, a Lewis le sorprendió ver que el seto situado frente a la antigua casa de los Hanchett había crecido una barbaridad. Era un arbusto de espirea, y siempre había tenido capullos blancos y rosas llenas de espinas. Aquella primavera, al seto no le crecieron brotes:

se había convertido en un arbusto oscuro y espinoso que ocultaba por completo las ventanas de la planta baja y cuyas largas y sinuosas ramas superiores arañaban los canalones de zinc. De la noche a la mañana, junto a la casa habían crecido cadillos y ailantos, y sus ramas ocultaban las ventanas del piso superior de la casa.

Lewis todavía no sabía demasiado sobre su nueva vecina. Una vez, a lo lejos, había captado un atisbo de una silueta oscura y agazapada que forcejeaba con la llave de la entrada. Y, desde el alféizar de la ventana de su dormitorio, la había visto yendo de aquí para allá por el piso de arriba. Pero, aparte de eso, la anciana no se dejaba ver. Lewis no esperaba otra cosa.

Sin embargo, sí que recibía visitantes: un visitante, en realidad. Ese visitante era Mangomartillo. Lewis lo había visto salir un día por la puerta trasera de la casa de la señora O'Meagher a altas horas de la madrugada. Y dos veces, cuando iba al cine por la noche, Lewis se había tropezado literalmente con él, que avanzaba encogido por High Street y se dirigía a la antigua casa de los Hanchett con el raído abrigo abotonado hasta el cuello. En ambas ocasiones, Mangomartillo transportaba paquetes, curiosos bultitos envueltos en papel marrón e hilo de cáñamo. Y en ambas ocasiones habían chocado porque el hombre no dejaba de mirar atrás.

La segunda vez que se encontraron así, Mangomartillo agarró a Lewis por el cuello de la camisa como había hecho durante su primer encuentro. Apretó sus cachetes sin afeitar contra la oreja de Lewis, y gruñó:

—¡Mocoso maldito! Tú estás buscando que te corten el cuello, ¿verdad que sí?

Lewis se apartó de él, pero no huyó. Se enfrentó a Mangomartillo.

—Sal de aquí, viejo vago asqueroso. Si vuelves a intentar hacerme algo, mi tío se las verá contigo.

Mangomartillo rio, aunque más bien sonó como si estuviera teniendo un ataque de asfixia.

—¡Tu tío! —dijo con desprecio—. ¡Tu tío recibirá su merecido antes de lo que piensa! El Fin del Mundo se acerca. ¿Qué pasa, que no lees la Biblia como un buen muchacho? Ya han aparecido señales y habrá más. ¡Prepárate! —y diciendo eso, siguió trastabillando colina arriba y agarrando con fuerza su paquete.

El día siguiente a este inusual encontronazo fue lluvioso y frío, y Lewis se quedó en casa. Jonathan estaba con la de la señora Zimmermann, ayudándola a embotellar licor de ciruelas pasas, así que Lewis estaba solo. Decidió darse una vuelta por las habitaciones de la parte trasera del segundo piso. Por lo general, nadie las usaba y Jonathan había cerrado la calefacción para ahorrar. Pero Lewis había encontrado cosas interesantes dentro, como cajas llenas de piezas de ajedrez y pomos de porcelana y alacenas de pared en cuyo interior cabía entero.

Lewis merodeó por el pasillo surcado de corrientes de aire, abriendo y cerrando puertas. Aquel día, ninguna de las habitaciones parecía digna de una inspección. Pero, un momento. ¡Claro! La habitación del armonio. Podía ir a tocarlo, eso sería divertido.

Uno de los salones en desuso de la segunda planta tenía un viejo armonio polvoriento. Era uno de los pocos elementos de mobiliario que quedaban de la época en la que Isaac Izard había habitado la casa. Por supuesto, había un armonio en la planta baja —el armonio bueno—, pero ese era un armonio reproductor y con frecuencia se negaba a dejar tocar a Lewis lo que él quería tocar. El que estaba en aquella habitación tenía fugas y en invierno apenas tenía un hilillo de voz, pero a veces, si se pisaba con fuerza, era posible sacarle alguna buena melodía. Lewis abrió la puerta.

El armonio era una voluminosa sombra contra una pared. Lewis encontró el interruptor y encendió la luz. Le quitó un poco el polvo al asiento y se sentó. ¿Qué iba a tocar? Probablemente «Chopsticks» o «From a Wigwam». Su repertorio no era demasiado amplio. Lewis pisó los gastados pedales y escuchó los siseos y resoplidos procedentes de las entrañas de la máquina. Pulsó las teclas, pero lo único que consiguió fue un jadeo tísico. Maldición.

Se recostó y pensó. Sobre el teclado había una hilera de registros de órgano de color negro con etiquetas en las que podían leerse cosas como «Vox Humana», «Salicet» y «Flauta». Lewis sabía que esos registros supuestamente modificaban el sonido del órgano de diferentes maneras, pero nunca había usado ninguno. Bueno, pues aquel era el momento de hacerlo. Agarró uno de los tubos negros y tiró con delicadeza. No se movía. Retorció el registro y tiró más fuerte. Se quedó con el tubo entero en la mano.

Lewis se quedó allí sentado, mirando la pieza de madera con cara de estúpido. Al principio se sintió mal por haber roto el órgano, pero luego examinó el registro con más detenimiento. El extremo que antes estaba inserto en el órgano era romo, suave y estaba pintado de negro. No había ninguna señal de que hubiera estado nunca fijado en ningún sitio.

«Qué cacharro tan frágil —pensó Lewis—. Me pregunto si serán todos iguales. Veamos.» Tiró de otro. ¡Pop! Los sacó todos. ¡Pop! ¡Pop! ¡Pop! ¡Pop! ¡Pop! ¡Pop!

Lewis rio. Hizo girar los tubos negros hacia un lado y otro sobre el teclado. Pero entonces paró y se quedó pensativo. Una vez leyó una historia sobre un coche que tenía un tablero falso que podía sacarse para esconder cosas detrás. ¿Y si aquel órgano…?

Se levantó y bajó a la planta baja. De hecho, bajó hasta la bodega, donde Jonathan tenía sus herramientas. Abrió la caja donde las guardaba y sacó un desarmador, un martillo y un cuchillo de untar mantequilla oxidado que su tío usaba para forzar cosas que necesitaba abrir. Luego volvió arriba lo más deprisa que pudo.

Ahora Lewis volvía a estar sentado delante del órgano. Inspeccionó el largo panel de madera, donde siete redondos agujeros negros lo miraban fijamente. Cuatro tornillos sujetaban el panel a la caja del órgano y los cuatro salieron con facilidad. Lewis introdujo los dedos en dos de los agujeros y tiró. El panel estaba atorado. Pensó un momento y luego tomó el cuchillo de mantequilla y lo deslizó por una rendija. ¡Criiic! Se levantó un pequeño remolino de humo que le hizo cosquillas en los agujeros de la nariz. Desplazó el cuchillo un poco, siguiendo la línea hacia la derecha, y volvió a hacer palanca. ¡Criiic! El panel cayó sobre el teclado. ¡Ah! Ahora veremos qué era eso.

Lewis se inclinó y acercó la cabeza al hueco. Olía un montón de polvo, pero no veía nada adentro. Maldición, ¡se había olvidado de traer una linterna! Metió la mano por la abertura y tocó el fondo. Le cabía el brazo entero, hasta la axila. Rebuscó un poco más. ¿Qué era aquello? ¿Papel? Escuchó un crujido seco. Tal vez fuera dinero. Agarró un puñado del montón y tiró de él. El corazón le dio un vuelco. Sólo era un montón de papeles viejos.

Lewis se quedó allí sentado, contemplando los papeles con decepción. ¿Así que aquel era el tesoro del castillo Izard? ¡Pues menudo tesoro! Aunque, bueno, tal vez contuvieran algo interesante, como fórmulas secretas o… Hojeó los papeles. Mmm…, mmm… Los hojeó un poco más. La luz de la habitación era muy débil y el papel antiguo había adquirido prácticamente el mismo tono que la tinta de color cobre utilizada por Isaac Izard. Imaginó que la caligrafía debía de ser de Isaac Izard, porque en la primera página se leía:

FORMACIÓN DE NUBES

Y

OTROS FENÓMENOS

Observados desde esta ventana

por

ISAAC IZARD

¿No había mencionado la señora Zimmermann que había visto al viejo Isaac tomando apuntes del cielo? En aquellos papeles había fechas y entradas desarrolladas tras cada una de ellas. Lewis leyó unas cuantas y los ojos se le abrieron de par en par. Hojeó un poco más.

Una ráfaga de lluvia salpicó la ventana. Lewis dio un respingo. Afuera vio densas masas de nubes azules que se acumulaban hacia el oeste. Las recorría una mancha roja dentada. A Lewis le pareció una boca hambrienta. Mientras observaba, la boca se abrió y un rayo de luz rojo sangre incidió en la habitación. Iluminó la página que sostenía. En ella estaban garabateadas las siguientes palabras:

¡El día del Juicio Final aún no ha llegado! Tendré que acercarlo con un telescopio o construir un RELOJ que, en un instante, prenda fuego al mundo entero.

Lewis sintió mucho miedo. Reunió todos los papeles y fue a levantarse del asiento. Mientras lo hacía, oyó un ruido. Un ruido muy leve. Abajo, dentro de la caja del órgano, algo aleteaba.

Lewis tropezó y cayó de espaldas, tirando el banco del armonio. Los papeles se le resbalaron de la mano y se desperdigaron por el suelo. ¿Qué debía hacer? ¿Huir para proteger su vida o poner los papeles a salvo? Apretó los dientes y se arrodilló. Mientras recopilaba las hojas, se repetía, una y otra vez: «*Quia tu es Deus fortitudo mea… Quia tu es Deus fortitudo mea*».[4]

---

[4] Siendo tú, oh Dios, mi fortaleza… *(N. de la T.)*

Ahora volvía a tener todos los papeles. Estaba a punto de correr hacia la puerta cuando vio que algo salía volando de la oscuridad de las entrañas del órgano. Una polilla. Una polilla con las alas de color gris plateado. Refulgían como las hojas de un árbol a la luz de la luna.

Lewis echó a correr hacia la puerta. Sacudió el pomo, pero no podía abrirlo. Ahora notaba la polilla en el pelo. Lewis se quedó rígido. Se le encendió el rostro. Ya no estaba enfadado. Estaba furioso. Furiosísimo.

Le dio un manotazo a la polilla y la aplastó. Lewis notó una viscosidad goteante en el pelo, y la sensación de miedo regresó. Se limpió la mano, histérico, en la tela del pantalón. Ahora Lewis estaba en el pasillo, corriendo y gritando:

—¡Tío Jonathan! ¡Señora Zimmermann! ¡Vengan, rápido! Ay, por favor, vengan rápido, ¡encontré algo! ¡Tío Jonathan!

Un rato después, Jonathan, Lewis y la señora Zimmermann estaban sentados alrededor de la mesa de la cocina de esta última bebiendo chocolate caliente. Los papeles polvorientos se apilaban en un montón sobre la mesa. Jonathan apoyó la taza y dijo:

—No, Lewis, te lo vuelvo a repetir. No hay nada de qué preocuparse. El viejo Isaac estaba loco, loco de atar. Nada de esto tiene que ver con el tictac de las paredes. Y, si tuviera que ver, no nos sirve para nada. Para lo único que sirve es para asustarnos.

—Yo diría que precisamente por eso Isaac dejó ahí esos papeles, ¿no te parece, Jonathan? Para darnos un susto de muerte, me refiero.

Quien dijo aquello fue la señora Zimmermann. Estaba frente a la cocina, de espaldas a Lewis, y removía el chocolate con gesto exagerado.

—Claro. Yo diría que sí, Florence —opinó Jonathan, asintiendo—. Un último as en la manga, algo así.

Lewis miró primero a uno y luego a la otra. Sabía que estaban fingiendo. Pero ¿qué podía decirles? Una cosa llevaría a la otra y no tardaría mucho en tener que contarles lo de la noche de Halloween. Cuando ocultas algo, sientes que cualquier otro secreto está relacionado con el tuyo. Lewis no podía cuestionarlos porque tenía miedo de delatarse a sí mismo.

Más tarde, esa misma noche, Lewis estaba tumbado en la cama, escuchando hablar a Jonathan y la señora Zimmermann. Estaban en el despacho, en el piso de abajo. Como de costumbre, sus voces llegaban hasta él a través de las rejillas de la calefacción. Y, como de costumbre, no conseguía distinguir bien lo que decían. Salió de la cama y se arrastró gateando hasta la rejilla de madera que había en el suelo. Una cálida ráfaga de aire le sopló suavemente el rostro. Escuchó. Ni siquiera así conseguía oírlos bien del todo. Sólo le quedaba una opción. Tenía que usar el pasadizo secreto.

Lewis se puso la bata y bajó de puntitas por la escalera de servicio. La luz de la cocina estaba apagada. Bien. Lenta, cautelosamente, sacó toda la porcelana de las estanterías de la alacena donde estaba guardada. Luego accionó el resorte oculto y la alacena se desencajó de la pared. Se metió ahí caminando silenciosamente.

Aquella vez Lewis recordó llevar consigo una linterna. Tampoco es que la necesitara. No tenía que ir muy lejos y la luz del exterior se colaba en el pasadizo atestado de telarañas a través de un montón de grietas. No tardó mucho en estar tras las estanterías alineadas en la pared del despacho de Jonathan. Se asomó por una rendija entre los tablones y allí, al otro lado de los libros, vio a Jonathan y la señora Zimmermann. Esta última acababa de hacer aparecer un cerillo de la nada y estaba encendiendo con él un largo puro torcido. Expulsó el humo por las comisuras de la boca.

—Bueno, ahora ya lo sabemos —dijo.

—Sí, ahora ya lo sabemos —la voz de Jonathan procedía del sillón de cuero donde su tío se había despatarrado. Lo único que Lewis veía de él era un brazo enfundado en una manga azul y una serie de nudillos peludos que aferraban el reposabrazos del asiento—. La pregunta es —continuó— ¿podemos hacer algo al respecto?

La señora Zimmermann empezó a caminar en círculos. El humo del puro dejaba una estela a su paso. Arañó todo el largo de una estantería con la gran piedra morada de su anillo.

—¿Hacer algo? —dijo—. ¿Hacer algo? Combatirlos. ¿Qué, si no?

Jonathan dejó escapar una risa ronca. A Lewis lo hizo sentir incómodo.

—Mucho más fácil de decir que de hacer, Florence. Los dos son más fuertes que nosotros, y lo sabes. Nosotros sólo jugueteamos con la magia: ellos le dedicaron su vida entera. Y, en lo que respecta a la mujer, es muy probable que literalmente diera la vida por ella.

—Pero ¿por qué iban a querer hacer lo que están haciendo? —dijo la señora Zimmermann, cruzándose de brazos y dando furiosas caladas a su puro—. ¿Por qué? Este mundo es hermoso. Terminar con él. ¿Por qué?

Jonathan reflexionó durante un minuto.

—Mira, Florence, la verdad es que soy incapaz de discernir el mecanismo de una mente como la de Isaac Izard, pero yo diría que la respuesta es la mera curiosidad científica. Piensa en todo lo que se ha escrito sobre el Fin del Mundo: tumbas que se abren, cadáveres que se levantan tan frescos como antes. Hay quien cree que habrá un mundo nuevo, mucho mejor que el presente. ¿A ti no te gustaría verlo? Y se me ocurre otra cosa: a Isaac y Selenna Izard no les gustaba demasiado este mundo. ¿Por qué no probar a ver qué tal es el siguiente?

Jonathan le dio una calada a su narguile. Durante varios minutos se hizo el silencio.

—Y el reloj —dijo la señora Zimmermann—. Tengo que reconocértelo. Tenías toda la razón. Hay un reloj real, tangible, en estas paredes. Él lo llama «artefacto», pero tiene que ser un reloj. No ha tenido la amabilidad de decirnos dónde está, claro, aunque parece que nos ha contado prácticamente todo lo demás. Incluso da pistas sobre dónde escondió la llave. Aunque eso ahora ya no importa. —partió el puro en dos y lo lanzó a la chimenea—. Pero hay algo que me gustaría saber —dijo, girándose de repente hacia Jonathan—. ¿Por qué necesitaba un reloj para desencadenar el Fin del Mundo?

Lewis contuvo un grito y se tapó la boca con la mano. ¡Así que después de todo sí que iba a ser el Fin del Mundo!

—Porque perdió la oportunidad —contestó Jonathan—. La oportunidad que llevaba buscando todos esos años. La del viejo Isaac fue una señora búsqueda. Por eso tiene tantos apuntes dementes sobre cielos aborregados y cielos del Juicio Final y nubes que parecen carros y trompetas y máscaras de la perdición. Eso era lo que estaba buscando. Una máscara de la perdición. Un cielo que fuera el adecuado para sus hechizos. La magia celestial es antigua, como bien sabes. Los romanos la usaban para...

—¡Sí, sí! —le interrumpió la señora Zimmermann, con impaciencia—. Lo sé absolutamente todo sobre aeromancia y ornitomancia. Al fin y al cabo, ¿quién es la que tiene aquí el doctorado en Magia? Muy bien. Así que el viejo don Calzones Flojos consigue su cielo perfecto. Genial. Maravilloso. Entonces ¿por qué no menea la varita y nos convierte a todos en almas en pena?

—Porque para cuando estuvo seguro de que ese era el cielo adecuado ya había cambiado. Las nubes no tardan mucho en moverse y mutar de forma, ya lo sabes. O igual le faltaron agallas para hacerlo. Suena estúpido, pero tengo la esperanza de que eso fuera lo que le retuviera.

—¿Faltarle agallas? ¿A él? ¿A Isaac Izard? Era un hombre duro, Jonathan. Le habría arrancado los dientes a su madre, uno a uno, si los hubiera necesitado para realizar algún tipo de magia negra.

Jonathan suspiró.

—Tal vez tengas razón, no lo sé. Lo importante es que perdió su oportunidad. Por eso tuvo que fabricar el reloj. Para recuperar el momento. El momento exacto en el que todo estaba en orden, en su lugar. A eso se refiere cuando habla de «un artilugio para redimir el tiempo». ¡Redimir, claro! ¡Si lo que quería era destruirnos a todos!

La señora Zimmermann había empezado a recorrer otra vez la habitación de punta a punta.

—De acuerdo —decía—. De acuerdo. Así que fabricó un reloj. ¿Por qué no le dio cuerda directamente?

—No podía. No del todo, en cualquier caso. ¿No has leído el pasaje? —Jonathan se levantó y se acercó a la mesa de la biblioteca donde estaban los papeles. Los tomó y fue pasando las páginas hasta que encontró la que quería—. Ah. Aquí está. «Pero cuando el artilugio estuvo completo, descubrí que no tenía la capacidad de darle cuerda completa. Lo he intentado, pero debo concluir que se requerirá de alguien con mayor poder del que yo poseo para hacer el ajuste final. ¡Maldigo el día en que me dejó! ¡Maldigo el día en que falleció! ¡Ella podría haberlo conseguido!» —Jonathan levantó la vista de los papeles—. En esa última frase, la palabra «ella» está subrayada cuatro veces. «Ella», por supuesto, es nuestra amiga del otro lado de la calle.

Lewis cerró los ojos. ¡Entonces, la señora O'Meagher era en realidad la señora Izard! Se lo había supuesto, claro, pero no estaba seguro. ¡La señora Izard! Y él la había liberado. Se sentía la persona más estúpida, más ingenua del mundo entero.

—Ah, sí —dijo la señora Zimmermann, sonriendo irónicamente—. Bueno, ya veremos quién es más poderoso al final. Pero dime una cosa más, oh, sabio, puesto que parece que te han contratado para el papel de explicador y comentador del testamento de Isaac Izard.

—¿Sí? ¿Qué te gustaría saber, Florence?

—Bueno, él afirma que no terminó de dar cuerda al reloj. Pero ha estado sonando durante años, produciendo un mágico tictac que parece proceder de detrás de todas y cada una de las paredes de esta casa. Me cuesta creer que el reloj haya estado simplemente matando el tiempo, esperando a que la vieja tía Izard llegara con su llave. ¿Qué está haciendo el reloj?

Jonathan se encogió de hombros.

—¡Y yo qué sé, Florence! Igual está intentando arrastrar la casa al pasado sin ayuda de ese «ajuste final». Tal vez lo programó para que el tictac espantara a cualquiera lo suficientemente estúpido como para venir a vivir a esta casa. Al fin y al cabo, Isaac no quería que nadie encontrara el reloj por accidente y lo destruyera. No sé por qué suena el reloj, Florence. Pero sí sé una cosa: cuando la señora Izard, o quienquiera que viva ahí enfrente, introduzca la llave en la ranura del reloj y termine lo que Isaac empezó, entonces (en ese preciso instante), Isaac Izard regresará. Lewis, tú y yo seremos fantasmas, o algo peor, y él se alzará en lo alto de la casa con el poder en su mano derecha. Y entonces el Fin del Mundo ocurrirá.

Lewis se tapó la boca con las dos manos. Cayó de rodillas, temblando y sollozando. Por un instante estuvo a punto de gritar «¡Aquí estoy! ¡Vengan por mí!» para que lo sacaran de allí y lo metieran en el reformatorio de por vida. Pero no gritó. Apretó las manos aún más contra la boca y lloró con espasmos amortiguados que le sacudieron el cuerpo entero. Lloró durante un buen rato y, cuando terminó, se sentó y se quedó mirando sin energías la pared negra del pasadizo.

La señora Zimmermann y Jonathan salieron del despacho. El fuego ardía casi sin llamas, pero Lewis se quedó allí sentado. Tenía la boca inundada de sabor a amoniaco y los ojos le escocían. Se sacó el pañuelo del bolsillo de la bata y se sonó la nariz. ¿Dónde estaba la linterna? Ah, ahí estaba. Pulsó el interruptor para encenderla.

Lewis se levantó despacio y empezó a regresar hacia la entrada. Aunque caminaba erguido, sentía como si en realidad fuera agazapado. Pasó la mano por el dorso astillado de la alacena de la porcelana. Activó el resorte y la alacena salió de la pared sin hacer ruido. Lewis casi esperaba encontrarse a la señora Zimmermann y a Jonathan allí sentados, de brazos cruzados, esperándolo. Pero la cocina estaba vacía y oscura.

Lewis subió a su habitación. Se sentía como si hubiera pasado tres noches seguidas en vela. Sin pararse siquiera a quitarse la bata, se dejó caer en la cama deshecha. La oscuridad invadió su mente y cayó profundamente dormido, sin tener ni un solo sueño.

CAPÍTULO NUEVE

El día siguiente era sábado y Lewis se despertó en
estado de pánico. Era como una olla de presión con
la tapa cerrada herméticamente y la válvula tapada
con chicle. Las ideas seguían bullendo y burbujeando en
la superficie de su mente, pero ninguna parecía tener
sentido. ¿Qué iba a hacer? ¿Qué podía hacer?

Lewis se incorporó en la cama y recorrió con la vista
el dormitorio. Dos largas manchas de luz con la silueta de
la ventana se extendían por el suelo astillado y manchado
de pintura. Encima de la chimenea había un espejo alto,
con unos postes en la parte superior que hacían juego con
los de la cama de Lewis. En el suelo, delante del espejo,
se extendía una hermosa alfombra bordada. Jonathan ase-
guraba que la había tejido la bisabuela de la señora Zimmermann. El estampado de la alfombra era de hojas de
otoño. Hojas de bordes festoneados de un dorado brillante
y un rojo sangre oscuro, con alguna que otra hoja verde
para crear contraste. La alfombra daba la sensación de flotar
frente al espejo y las hojas, de nadar en medio del estanque

de luz radiante. Era una ilusión, claro. Aquella alfombra no era mágica. Pero a Lewis le gustaba pisarla por las mañanas mientras se vestía. Lo hacía sentirse libre de lo terrenal, aunque fuera sólo durante un rato.

Estaba pisándola en aquel momento mientras se ponía los pantalones y se abotonaba la chamarra. El resplandor de las hojas lo elevaba sobre el suelo. Ahora todo le parecía más claro. Necesitaba contar con Tarby. Éste sabría qué hacer. Cierto era que últimamente había estado evitando a Lewis, pero tampoco es que fueran enemigos. Y, de todas maneras, Tarby estaba tan metido en aquel asunto como él. Había sujetado la linterna mientras Lewis dibujaba el pentáculo mágico y escribía con tiza el nombre, «Selenna». «Debe de tratarse del nombre de pila de la señora Izard —pensó Lewis—. Ella debió de metérmelo en la cabeza. Así que, detrás de aquellas puertas de hierro, en realidad nunca estuvo muerta…»

Lewis se mordió el labio para dejar de pensar en esas cosas. Bajó las escaleras, desayunó solo y se apresuró a salir por la puerta. Tarby vivía con sus nueve hermanos y hermanas en una casa de madera al otro lado de la ciudad. Tarby nunca lo había invitado a su casa y Lewis ni siquiera sabía cuáles eran los nombres de pila de la madre y el padre de Tarby, y mucho menos el de cualquiera de sus nueve hermanos y hermanas. Sabía que el señor Corrigan —así se apellidaba Tarby— llevaba una tienda de herramientas. Y eso era básicamente lo que Lewis sabía.

Era un soleado y ventoso día de abril y el cielo estaba plagado de nubecillas blancas que no dejaban de separarse y fundirse unas con otras. Los pájaros surcaban el cielo y los jardines comenzaban a mostrar ese primer verdor húmedo y desvaído. Cuando Lewis llegó a casa de los Corrigan, encontró a un grupito de niños jugando en un jardín delantero pelón y lleno de socavones enlodados. Uno de los niños más pequeños, que se parecía mucho a Tarby, colgaba boca abajo de la rama de un árbol muerto sobre el que habían clavado unos reflectores de color rojo. Otros niños hacían castillos de lodo, se golpeaban la cabeza unos a otros con palas de arena, intentaban montar en bicicletas rotas o, simplemente, estaban ahí sentados, gritando con toda la potencia de sus pulmones. Lewis se abrió camino por entre los camiones de juguete y los neumáticos de bicicleta esparcidos por el sendero que daba acceso a la casa. Llamó al timbre y esperó.

Pasado un rato, una mujer entrada en carnes y de aspecto cansado se acercó a la puerta. Llevaba en brazos un bebé, y éste la golpeaba en el hombro con un biberón que tenía agarrado por el chupón.

—¿Sí? —Sonaba irritada, y con razón.

—Este… ¿Señora Corrigan? Me preguntaba si usted sabría decirme dónde está Tarby.

—¿Tarby? Caramba, ni siquiera sé si está en casa. Voy a ver —echó la cabeza hacia atrás y vociferó «¡Taaar-byyy!». No obtuvo respuesta, aunque habría costado distinguirla entre aquel barullo—. No, supongo que no está —dijo. Le dedicó una sonrisa amable y cansada—. Probablemente ha salido a jugar al beisbol con los demás niños.

Lewis le dio las gracias y ya estaba a punto de darse media vuelta cuando la mujer dijo:

—¡Oye! ¿Tú no eres el muchachito Barnavelt?

Lewis contestó que sí lo era.

La mujer lo miró con ojos suplicantes.

—Por favor, no le cuentes a Tarby más historias sobre tumbas y fantasmas. Después de Halloween tuvo pesadillas durante una semana entera. Tu tío fue muy amable invitándolo a esa velada con sidra y donas, y dejando que se quedara a dormir y demás, pero esos cuentos… Bueno, ya sabes lo sensible que es.

Lewis consiguió mantener una expresión neutra.

—Mmm… Claro… De acuerdo, señora Corrigan, no volveré a contarle más historias de fantasmas. Hasta pronto.

Mientras volvía por el sendero, tropezándose con los juguetes y esquivando una o dos bolas de lodo, a Lewis le costó no echarse a reír a carcajadas. ¡Así que aquella era la versión de Tarby sobre la pasada noche de Halloween! Vaya, vaya. ¿Y dónde había pasado Tarby la noche? ¿Temblando de miedo en el porche trasero de la casa? ¿Durmiendo en un árbol? ¡Tuvo pesadillas durante una semana! Claro que no había pasado miedo. Sólo había sido el reflejo de la luna. La risa en el interior de Lewis se convirtió en una sonrisa irónica.

Lewis se detuvo junto a uno de esos bloques de hormigón con una arandela de metal que antiguamente se usaban para amarrar a los caballos. Se ató las agujetas del zapato. ¿Qué iba a hacer ahora? Bueno, sólo había dos diamantes de beisbol en New Zebedee. El que había detrás de la escuela y el del campo de atletismo. Decidió ir al que estaba detrás de la escuela.

Cuando llegó allí, vio a Tarby jugando con un montón de niños más. Estaba lanzando, y varios chicos gritaban «¡Vamos, Tarby!» y «¡Elimínalo!» y «¡Mándale una buena bola de nudillos!»; o, si resultaba que estaban en el equipo contrario, «¡Ehhh! ¡Parece que el pitcher tiene el brazo de goma!».

Tarby tomó impulso, hizo girar el brazo como un molinillo, fintó varias veces —estaba permitido, porque estaban jugando softbol y no beisbol— y, cuando ya tenía al bateador haciendo nerviosos *swings* con el bat, lanzó la bola hacia la base. El bateador giró tanto que cayó al suelo.

—¡*Strike* tres! ¡Ponchadooo! —gritó el tipo que hacía de ampayer.

Lewis, que estaba en las gradas, se llevó las manos a la boca para hacer bocina y gritó:

—¡Oye, Tarby! ¿Puedo hablar contigo?

—Ahora no, seboso. Estoy en medio de un partido.

A Lewis se le llenaron los ojos de lágrimas. Hasta aquel momento, Tarby nunca lo había llamado «seboso». Al menos, no que él recordara. Lewis reprimió las lágrimas y esperó pacientemente mientras Tarby ponchaba al siguiente bateador con tres implacables bolas rápidas. Era su tercer eliminado, así que el equipo de Tarby salió del campo. Tarby tiró el guante al suelo sin ningún cuidado y dijo:

—Hola, Lewis. ¿En qué puedo ayudarte?

—Mi tío Jonathan está en un aprieto tremendo. Todos estamos en un aprieto tremendo. ¿Te acuerdas de la noche del cementerio?

Para la más absoluta sorpresa de Lewis, Tarby lo agarró por el cuello de la camisa y lo atrajo hacia sí hasta que los rostros de ambos estuvieron a unos cinco centímetros de distancia.

—Mira, si alguna vez llegan a enterarse de que estuviste allí arriba esa noche, les dices que estuviste solo. Si no, te romperé los dos brazos, y puede que hasta la cabeza.

Lewis intentó liberarse de Tarby, pero no pudo. Notó que la sangre le subía al rostro cuando gritó:

—¡Tarby, esto es peor que lo de Halloween! ¡Esto es de fantasmas y brujas y demonios y...! ¡Suéltame, Cabeza de Cerillo!

Tarby soltó a Lewis. Se quedó mirándolo con la boca abierta. «Cabeza de Cerillo» era un mote que alguien le había puesto a alguien en una historieta que Lewis estaba leyendo. No significaba nada.

Tarby frunció los labios.

—¿Cómo me dijiste?

Varios de los otros chicos empezaron a gritar «¡Pelea!, ¡pelea!», aunque en realidad no esperaban que fuera a haber ninguna. Al fin y al cabo, se trataba de Lewis.

Lewis se quedó allí plantado, con la cara roja, asustado.

—No..., no sé cómo te dije.

—Bueno, pues más vale que te acuerdes la próxima vez.

Tarby alzó el puño y lo estrelló con fuerza contra el hombro de Lewis. Le hizo mucho daño.

—Vamos, Tarby —gritó un chico alto que se llamaba Carl Holabaugh—. No pierdas el tiempo con el panzón. Eres el primero en batear esta entrada y nos sacan seis carreras de ventaja. Ponte ahí y dale fuerte.

Tarby volvió al partido y Lewis fue dando traspiés hasta la calle mientras se frotaba el hombro. Estaba llorando.

Aún con las lágrimas brotando incontrolablemente de sus ojos, Lewis comenzó a caminar. Recorrió la ciudad entera a pie, dejando atrás hileras de casas que lo miraban inexpresivas. No le dieron ningún consejo. Bajó por Main Street y se quedó un rato contemplando el monumento de la guerra civil. Pero los soldados de piedra, con sus bayonetas y sus escobillas de cañón levantadas en el aire, tampoco tenían nada que decirle. Caminó hasta la otra punta de Main Street y se quedó mirando la fuente en la que un sauce de cristal manaba del interior de un círculo de columnas de mármol. De noche iluminaban la fuente, que pasaba del rojo al naranja, y del naranja al amarillo, y del amarillo al azul, y del azul al verde, y de ahí de nuevo al rojo. Pero en aquel momento el agua estaba clara. Lewis deseó que su mente también lo estuviera, pero no era así.

Rodeó la fuente tres o cuatro veces y luego cruzó la calle y comenzó a caminar hacia la comarcal 9, que empezaba donde terminaba Main Street y salía de la ciudad. Cuando llegó al recuadro de hojalata en el que decía «LÍMITE MUNICIPAL», se limitó a salir de la carretera y dirigirse hacia la hierba silvestre. Y se sentó allí, a ver caminar a las hormigas y escuchar el zumbido que hacían los coches al pasar frente a él. Ya tenía los ojos secos. Se había hartado de llorar. De repente se dio cuenta de que últimamente lloraba mucho. Así no iba a arreglar nada. Quizá pensar serviría de mejor ayuda, aunque no estaba seguro. Se puso a pensar e intentó decidir qué hacer.

Ya estaba bastante entrada la tarde cuando Lewis se levantó. Estuvo a punto de caerse porque se le había dormido la pierna izquierda. Después de un rato pisoteando malas hierbas para reactivar la circulación, puso rumbo a casa. Había tomado una decisión. Lo único que escuchaba en su cabeza era el antiguo himno litúrgico que decía:

A toda alma, a toda nación
le llega el momento de decidir
en la lucha entre la mentira y la verdad
si en el bando bondadoso o malvado ha de combatir.

Se imaginaba liderando un ataque de caballería. Si hubiera tenido consigo uno de los bastones de Jonathan, lo habría blandido como una espada. De vez en cuando se detenía y notaba escalofríos recorriéndole el cuerpo y poniéndole la piel de gallina. Se sentía muy orgulloso y valiente, y también muy asustado. Era una sensación difícil de describir.

Aquella noche, después de que todo el mundo se fue a dormir, Lewis salió a hurtadillas de la cama y fue de puntitas hasta las escaleras principales. La casa estaba en silencio, en silencio absoluto, porque era una de esas noches en las que Jonathan paraba todos los relojes. Todos, salvo el que era incapaz de detener. Afuera, en el vestíbulo de la entrada, el espejo del perchero de los abrigos hablaba consigo mismo entre breves estallidos de energía estática. De vez en cuando, los bordes parpadeaban levemente. Tal vez estuvieran intentando advertir a Lewis. Si así era, Lewis ignoró la advertencia. Había tomado una decisión. Él había comenzado todo aquello, y ahora iba a terminarlo.

Apoyó la mano sobre el frío borde del paragüero de porcelana china. Revolvió entre los bastones, haciéndolos chocar entre sí. Ah, ahí estaba. Cerró la mano en torno a la vara de madera negra y… ¿Qué era aquello? Lewis apartó los dedos y dio un respingo. El tacto del bastón mágico era como tocar un brazo vivo. La vida palpitaba en su interior. Lewis se quedó allí, mirándolo con atención. La esfera de cristal estaba levemente iluminada. A la luz grisácea vio la nieve arremolinándose y allí, lúgubre pero real, estaba el extraño castillito. La luz mágica arrojaba una pálida mancha temblorosa sobre el papel pintado. ¿Podría usar él aquel objeto mágico? Se dio cuenta de que Jonathan pecaba de modestia cuando se denominaba a sí mismo mago de salón.

Lewis apretó los dientes y extendió la mano, que aún le hormigueaba a causa de la impresión. Agarró la vara con decisión. La sacó del paragüero. La esfera crepitó y chisporroteó y pasó del gris al rosa palo para luego volver al gris. Entonces, Lewis abrió la puerta de la entrada. Una olorosa brisa fresca sopló por el hueco, haciendo golpear suavemente la hoja contra la pared. Las hojas del castaño se agitaron con un suspiro y los brotes blancos cayeron delicadamente al suelo. Miró hacia la casa de enfrente. A pesar de la frondosidad del arbusto, alcanzaba a ver luces encendidas en la antigua casa del matrimonio Hanchett. Murmurando una plegaria, comenzó a bajar los peldaños.

Cuando iba a la mitad de la calle, estuvo a punto de darse media vuelta y salir corriendo, pero algo lo hizo continuar. Cuando estuvo en la banqueta de enfrente, se le hizo más fácil proseguir. Era como correr colina abajo empujado por el viento. El seto se dividía a ambos lados del sendero de ladrillos que llevaba hasta los escalones de la entrada. Lewis pasó por debajo de sus ramas. Ahora estaba al pie de los peldaños.

La casa de los Hanchett tenía una anticuada puerta con dos hojas de madera negra, cada una de ellas con un panel de cristal esmerilado. A Lewis aquellos paneles siempre le habían recordado las Tablas de la Ley que contenían los Diez Mandamientos. Entonces pensó: «No pasarás». Pero una de las hojas de la puerta estaba abierta de par en par. ¿Esperarían su llegada, acaso? Le martilleaba el corazón, pero subió los peldaños.

Se detuvo apenas cruzó el umbral, bajo la lámpara del recibidor. El pasillo estaba vacío. Vacío y desnudo. No había ni un solo mueble ni sillas ni cómodas ni mesitas. No había paraguas apoyados contra las paredes. En el rosa pálido del papel pintado que cubría las paredes, Lewis vio recuadros oscuros. Eran del color que debía de haber tenido el papel cuando era nuevo. El matrimonio Hanchett había colgado cuadros en aquellos espacios vacíos, pero los cuadros ya no estaban. La señora O'Meagher no había puesto ninguno en las paredes.

Lewis avanzó sin hacer ruido hasta el amplio arco que daba a la sala de estar. Allí no había nadie. Algunos muebles, aunque no demasiados. Unos cuantos silloncitos de aspecto endeble y con las patas dobladas y un sofá con pinta de incómodo. Había una mesita de café baja, con dos ceniceros de porcelana del tamaño de sellos de correos. Un golpe de la pipa de base plana de Jonathan habría hecho añicos cualquiera de ellos. Lewis fue de sillón en sillón, acariciando los lisos reposabrazos y los suaves respaldos tapizados. No le hubiera extrañado que los muebles estallaran, como burbujas de jabón, si los tocaba. Pero todo era sólido. El suelo estaba tan pulido que podías verte reflejado en él. En una de las paredes había una chimenea de ladrillo. Estaba completamente pintada de rosa vivo, las paredes internas incluidas. No había manchas de hollín. Al parecer, a la vieja bruja no le gustaba el fuego. En los relucientes morillos de latón había dos troncos de abedul en perfecto equilibrio.

Sobre la repisa, Lewis vio algo que le sorprendió: un adorno. Era uno de esos carruseles de hojalata con siluetas de angelitos. Si encendías las velas que tenía en el centro, el calor hacía girar a los ángeles. Estos estaban tocando trompetas. Lewis extendió la mano y tocó la rueda. Fiuuu. Giró con dificultad, como si estuviera borracha. El sonido le asombró tanto que se giró sobre sí mismo, empuñando el bastón mágico bien alto para protegerse. Allí no había nadie.

Miró en la cocina. Un par de plaquitas decorativas de plástico en la pared y un reloj eléctrico. Una encimera de formica roja y una silla de tubos de acero, también tapizada en rojo cereza. En la esquina había un congelador. Lo abrió y vio adentro una botella de Coca-Cola. ¿O sería otra cosa? La cogió y la puso boca abajo. Por fuera, la botella estaba áspera y cubierta de polvo, como si hubiera estado enterrada. Y el líquido que contenía... era más claro que la Coca-Cola. De un marrón rojizo. Lewis la dejó en su sitio. Cerró la puerta del congelador. Toda la casa parecía estar llena por un zumbido y Lewis supo que era su propio pulso, retumbando en sus oídos. Aferrando el bastón mágico con una mano sudada y temblorosa, fue a explorar el resto de las habitaciones.

Inspeccionó toda la planta baja y no encontró nada; nada más que estancias a medio amueblar. Un sillón por aquí, una mesa por allá. En las habitaciones en que había lámparas, todas estaban desenchufadas, pero en el techo de todas lucía un foco desnudo. Ahora Lewis estaba al pie de una escalera bien iluminada. Se detuvo un momento y entonces, repentinamente, golpeó el bastón contra el suelo y gritó:

—¡Vine a derrotarla, señora Izard! ¡Muéstrese! ¿O acaso me teme? ¡Debería! Sé quién es y qué pretende. ¡La reto a un duelo según las antiguas reglas de la magia!

Lewis esperaba que su desafío pareciera majestuoso y grandilocuente, que sonara alto y claro como el clamor de una trompeta de plata. En cambio, sonó plano. Su voz se diluyó en la penetrante quietud de la casa. Lewis se sintió estúpido. Le ardían las mejillas. Y empezó a preocuparse.

Lewis no tenía la más mínima noción sobre «las antiguas reglas de la magia». Había ido allí con el bastón mágico de Jonathan en la mano, esperando que la vara hiciera el trabajo por él. Ahora dudaba. ¿Y si la vara no funcionaba con nadie más que con su dueño? ¿Y si la magia de la señora Izard era más poderosa que la de Jonathan? Lewis contempló la esfera iluminada, y luego miró hacia lo alto de la escalera. Tuvo ganas de dar media vuelta y volver a casa corriendo tan rápido como sus pies se lo permiteran. Pero, entonces, ¿quién salvaría a la señora Zimmermann y a Jonathan y al mundo, y compensaría lo que él había hecho?

La casa estaba en completo silencio. Lewis respiró hondo y empezó a subir por la escalera.

En el amplio rellano que había a la mitad, Lewis se detuvo para contemplar un cuadro. Era el único que había visto en la casa. Allí, en un grueso marco ovalado de color negro, había una foto de un anciano de aspecto desagradable. Estaba sentado, o tal vez de pie —no se distinguía bien—, delante de una pared cubierta con un papel pintado de intrincado diseño. Lewis estuvo un buen rato contemplando la fotografía. Examinó todos los detalles: los dos o tres mechones de pelo peinados sobre la cabeza prácticamente calva, los ojos hundidos que parecían clavarse en él, la nariz aguileña. Observó la ropa del hombre. Llevaba un anticuado y rígido cuello de cartón, con las puntas dobladas hacia atrás. Y su mano izquierda reposaba en la empuñadura de lo que debía de ser un bastón. Éste parecía tener algún tipo de inscripción, pero Lewis no alcanzaba a leerla.

Lewis se quedó allí plantado, preguntándose quién era aquel anciano. ¿Sería quizá...? Descolgó la fotografía de la pared y miró el dorso. No había ninguna etiqueta. Se apresuró a girarla y mirarla de nuevo. Había algo en ella que le resultaba familiar. ¡Claro! ¡El papel pintado! Era el papel que había en el pasillo del primer piso de casa de su tío. Las dos íes del numeral romano II engarzadas por florituras. En ese momento, Lewis supo que estaba viendo una fotografía de Isaac Izard.

Así que era todo cierto. Aquella mujer era su esposa, que había regresado de la tumba para... ¿hacer qué? Lewis notó el corazón desbocado. Estaba más asustado de lo que lo había estado en su vida. Ya no quería combatir a la señora Izard. Lo único que quería era salir de ahí. Histérico, alzó la vista hacia las escaleras, hacia el vano oscuro de la puerta del dormitorio. Nadie venía por él. Entonces quiso bajar las escaleras, pero la señora Izard estaba en medio.

Estaba allí de pie, sonriéndole. Tenía en la mano un bastón con el mango de marfil.

—Bueno, jovencito, ¿qué sucede? ¿Qué te hace pensar que puedes merodear de noche por casas que no son la tuya? ¿Qué quieres?

Lewis temió desmayarse, pero no lo hizo. En cambio, notó que el cuerpo se ponía rígido. Alzó el bastón.

—Sé lo que pretende hacernos, señora Izard —le dijo—, pero no lo hará. La magia de mi tío es más poderosa que la suya.

Ella rio con una carcajada áspera, maliciosa.

—¿Te refieres a ese bastón de juguete? Probablemente se lo compró en la feria del condado de Capharnaum. No seas necio, niño.

El bastón había lucido por toda la casa con un constante brillo gris. En aquel momento, mientras la señora Izard hablaba, la esfera empezó a oscurecerse. Lewis bajó la vista hacia ella y se dio cuenta de que estaba mirando algo que se parecía mucho a un foco fundido.

—Y ahora —dijo la señora Izard, avanzando un paso—, ahora, mi querido jovencito, verás qué pasa por molestar a encantadoras ancianitas que lo único que quieren es que las dejen en paz.

Le arrancó el bastón de la mano entumecida y lo lanzó repiqueteando escaleras abajo. Ahora se cernía sobre él, y la luz que reflejaban sus lentes le hacía daño en los ojos. Hablaba con voz enfurecida, y más rápido que antes.

—¿Sabes lo que es estar enterrada en las profundidades de la tierra, rodeada de roca negra, sin nadie que te escuche o te oiga, con un hombre muerto como única compañía? ¿Lo sabes?

—Deténgase inmediatamente, señora Izard. Ya no está tratando con niños.

Allí, al pie de la escalera, estaba la señora Zimmermann. Unas candilejas invisibles le iluminaban el rostro y llevaba puesta una capa morada que llegaba hasta el suelo.

Entre los pliegues, en lugar de sombras, había profundos pozos de fuego anaranjado. En una mano sostenía una alta pértiga negra, con una esfera de cristal transparente en el extremo. En el interior del globo brillaba una estrella de color magenta. El brillo aumentaba cada vez que hablaba y se atenuaba cuando guardaba silencio.

La señora Izard se dio la vuelta. Encaró a la señora Zimmermann sin alterarse.

—Así que eres tú —dijo—. Bueno, mi poder aún no ha alcanzado su culmen, pero sigo siendo lo suficientemente fuerte como para encargarme de ti. *Vade retro!*

Apuntó el bastón de marfil hacia la señora Zimmermann. No pasó nada. Dejó de sonreír y bajó el bastón.

Ahora le tocaba a la señora Zimmermann. Golpeó la base de su bastón una vez en el suelo y un fogonazo de luz ultravioleta iluminó la escalera. Con un espantoso alarido chirriante, impropio de un ser humano, la señora Izard subió las escaleras y pasó junto a Lewis. La señora Zimmermann comenzó a perseguirla.

—¡Corre a casa, Lewis! —gritó, pasando de largo a su lado—. Eres un muchachito muy valiente, pero no eres rival para esa cosa. ¡Te digo que corras!

Lewis corrió escaleras abajo, saltando los peldaños de dos en dos. Estaba aterrado, pero también muy feliz. Mientras bajaba a la carrera por los escalones que daban acceso a la casa, escuchó extraños sonidos de explosiones y agudos alaridos. Las ramas intentaron agarrarlo mientras corría por el despejado sendero de ladrillo. Una llegó incluso a envolverle la pierna izquierda y empezó a tirar de él. Con un grito y una frenética sacudida, Lewis se soltó y se precipitó hacia la calle. Abrió la puerta de un empujón y chocó, ¡pum!, con algo duro y blando a la vez. Jonathan.

Lewis se vino abajo. Comenzó a llorar, histérico, con el rostro apretado contra la camisa de trabajo azul de Jonathan. Jonathan abrazó a Lewis y lo estrechó con fuerza contra sí. Aunque Lewis no lo veía, Jonathan estaba mirando por encima de su cabeza hacia la casa del matrimonio Hanchett, y tenía una sonrisa lúgubre en los labios. Una llama morada iluminó una de las ventanas del primer piso. Después, un frío puntito de color blanco azulado se prendió en la ventana contigua, como si algo hubiera encendido algún tipo extraño de fósforo. Luego escucharon una explosión potente y sorda, como una bomba aérea en un espectáculo de fuegos artificiales. A Jonathan le lastimó los oídos. Mientras observaba, las dos ventanas del primer piso se tornaron de un morado vivo. La chimenea de la casa se derrumbó y los ladrillos se deslizaron por el tejado. El seto salvaje ondeaba y sacudía sus ramas como si estuviera en medio de un huracán. Varios paños de cristal con forma de rombo se desprendieron de sus marcos y tintinearon al caer sobre el sendero. Entonces, la casa quedó en silencio y a oscuras.

Lewis había dejado de llorar y, en aquel momento, se dio la vuelta para ver. Pasó un minuto entero. A continuación, la puerta de la entrada se abrió con un chirrido y por ella apareció la señora Zimmermann. Bajó tranquilamente los escalones, recorrió el sendero y cruzó la calle, tarareando por el camino. Las llamas naranjas de los pliegues de su capa habían desaparecido, igual que las candilejas mágicas. En una mano sostenía un paraguas viejo. El mango del paraguas era un pomo de cristal y en su interior aún brillaba una diminuta chispa de fuego violeta. En la otra mano, la señora Zimmermann llevaba el bastón de Jonathan: la esfera de cristal aún estaba apagada.

—Hola, Florence —dijo Jonathan, como si se la acabara de cruzar por la calle un domingo por la tarde—. ¿Cómo te fue?

—Bastante bien —respondió ella, dándole el bastón—. Aquí tienes tu varita mágica. Ha sufrido una conmoción bastante fuerte, pero creo que se recuperará. Y en cuanto a la señora Izard, la verdad es que no lo sé. Puede que la haya destruido, o puede que sólo la haya dejado fuera de juego durante un tiempo. En cualquier caso, aprovechemos la ventaja que tenemos y ¡encontremos ese reloj!

CAPÍTULO DIEZ

Cuando los tres regresaron a la casa, se sorprendieron. El tictac sonaba muy alto, mucho más alto que nunca. Era como estar dentro de los mecanismos del Big Ben.

Jonathan se quedó pálido.

—Parece —dijo— que las cosas por fin están llegando a algún tipo de conclusión. Tal vez la señora Izard no esté tan muerta como nos gustaría.

La señora Zimmermann comenzó a caminar en círculos. Se frotó la gema morada del anillo contra la barbilla.

—Puede que lo esté o puede que no. De cualquier manera, dejarla fuera de combate no garantiza que la bomba no vaya a explotarnos en la cara —dijo—. Pero pensemos en el peor escenario. Pensemos que sigue en el juego. De acuerdo —tomó una gran bocanada de aire y la expulsó—. Desde ayer, mi teoría es que la vieja bruja está esperando el momento adecuado para usar esa condenada llave. La maniobra adecuada en el momento adecuado para conseguir el efecto adecuado. Eso sería muy propio de ella. Y de su anciano marido también. Su magia es lógica. Va de «A» a «B» y a «C», siguiendo pasos claros y precisos. Tan lógicos y precisos como el movimiento que hace la manecilla alrededor de una esfera de reloj.

—Entonces no tiene sentido que nosotros seamos lógicos, ¿no? —dijo Jonathan. Sonreía de un modo muy extraño y jugueteaba con los clips de la cadena de su reloj. Aquel gesto era siempre síntoma de que estaba pensando.

—¿A qué te refieres? —preguntaron Lewis y la señora Zimmermann a la vez.

—Me refiero —respondió con paciencia— a que a nosotros no se nos da bien ese juego. A nosotros lo que se nos dan bien son los cambios bruscos, los descubrimientos inexplicables y repentinos, tener la mente nublada. Así que más nos vale jugar a nuestra manera si pretendemos ganar.

La señora Zimmermann se cruzó de brazos y puso una expresión ceñuda.

—Ya veo —dijo—. Suena muy razonable. En una partida de ajedrez, buscar hacer una corrida. En un partido de tenis, intentar hacer un *home run*. Muy inteligente.

Jonathan no se inmutó.

—¿Por qué no? —respondió—. Yo lo veo clarísimo. Lewis, quiero que hagas lo siguiente: ve por lápiz y papel y escribe las instrucciones más absurdas que se te ocurran.

Lewis estaba confuso.

—¿Instrucciones para qué?

—Para una ceremonia, un ritual. Un espectáculo de magia cuya finalidad es conseguir sacar al reloj de su escondite. Hazlas lo más ridículas que puedas.

Lewis se emocionó y se puso contentísimo.

—Muy bien —respondió—. Si eso es lo que quieres, ¡allá voy!

Corrió al aparador y sacó un lápiz marca Ticonderoga del número 2 y una libreta de notas. Luego fue corriendo al despacho y cerró las puertas con fuerza. Jonathan y la señora Zimmermann se quedaron afuera, caminando nerviosos de un lado a otro. Mientras tanto, el monstruoso tictac no cesaba.

Quince minutos después, Lewis abrió las puertas del despacho. Le dio a Jonathan una hoja de papel llena de renglones azules, escrita por ambos lados. La primera línea que Jonathan leyó hizo que echara la cabeza atrás y soltara una sonora carcajada. Leyó el resto de la lista murmurando a gran velocidad y sin dejar de reír. La señora Zimmermann no dejaba de intentar leer por encima de su hombro, pero acabó por ceder ante los nervios y le arrancó la lista de las manos. Ella rio todavía más de lo que lo había hecho Jonathan. Resoplaba y se carcajeaba y dejaba escapar risitas nerviosas. Al final, le devolvió el papel a Jonathan.

—De acuerdo —dijo—. Haremos esto. Primero, pondremos velas encendidas en todas las ventanas. Velas de verdad, por supuesto.

—Sí —dijo Jonathan, arrugando la nariz—. Veo que Lewis tiene el mal gusto de preferir las velas de verdad.

Ah, bueno..., pongámonos en marcha. Hay varias cajas de cabos de vela en el aparador.

Jonathan se ocupó de la planta baja, la señora Zimmermann del primer piso y Lewis del segundo y de las ventanas con vidrieras, independientemente del piso en el que estuvieran. Poco después, toda la casa estaba iluminada como si la Navidad hubiera caído en abril.

Lewis se detuvo frente a la puerta de la habitación en la que estaba el armonio de Isaac Izard. Miró la caja de zapatos que antes estaba llena de cabos de vela. Sólo quedaba uno. ¿Debería ponerlo allí? No, había un sitio mejor.

Lewis subió la polvorienta escalera de caracol que conducía a la estancia de la cúpula, con una gruesa vela roja en la mano. Empujó la estrecha puertecilla para abrirla. La habitación estaba a oscuras salvo por los rayos de luna que iluminaban el suelo. Lewis se acercó a la ventana. Se arrodilló e inclinó el cuerpo sobre el empinado alféizar.

La ventana ovalada le proporcionaba una vista elevada de la casa del matrimonio Hanchett. O lo habría hecho, si hubiera podido verla. Una brillante luna bañaba la colina con su luz, pero la casa de los Hanchett estaba sumida en un cúmulo de sombras. Sólo alcanzaba a ver las puntas oscuras del tejado.

Lewis la contempló, fascinado. Y entonces, de repente, escuchó el tictac, leve pero audible, que invadía incluso aquella habitación de la casa del número 100 de High Street. Sacudió la cabeza, sacó los fósforos y se apresuró a encender la vela.

Cuando estuvo de nuevo en la planta baja, vio que ya estaban cumpliendo la segunda de sus instrucciones. La señora Zimmermann estaba tocando «Chopsticks» en el armonio del salón principal. Cuando ella se levantó y fue al comedor, el órgano siguió tocando «Chopsticks», ya que era un órgano reproductor y estaba configurado en modo «Repetición en bucle». Aquella estúpida y monótona melodía casi había conseguido sofocar el tictac constante. Casi, pero no del todo.

Jonathan volvió brincando de las habitaciones. Tenía la cara roja y jadeaba.

—De acuerdo —dijo—, ¿qué viene ahora?

La señora Zimmermann tomó el trozo de papel y leyó con voz solemne:

—Tenemos que jugar una partida de Bombón para Frank hasta que salga el As de Bobos.

Por raro que parezca, Jonathan sabía qué era Bombón para Frank. Era la forma que Lewis tenía de llamar al pókar. Los tres habían jugado mucho pókar desde aquella primera noche de agosto y Lewis había apodado el juego según la inscripción que creía leer en las relucientes moneditas de latón de un franco. Cuando igualabas apuestas con alguien, había que gritar muy alto «¡Bombón para Frank!».

Pero a Jonathan lo confundió un detalle. Volteó a ver a Lewis con una expresión perpleja en el rostro.

—¿Y puedo preguntarte qué es el As de Bobos?

—No lo sé. Se me ocurrió así, sin más. Supongo que lo sabremos cuando lo encontremos.

Sacaron la caja roja de las monedas. Sacaron los naipes azules y dorados. Jonathan encendió su pipa y se desabotonó el chaleco hasta que la única sujeción fue la cadenita de clips. Sacó un viejo y polvoriento sombrero gris de ala ancha del armario y se lo encajó encima de la nuca. Aquel, explicó, era el atuendo adecuado para jugar pókar.

Jonathan barajó y repartió. Shekels y florines holandeses, ducados y florines británicos, dracmas y didracmas repiquetearon sobre la mesa. En un primer momento, las manos fueron de lo más corrientes. Pares de ochos, nada, reyes y dieces. Luego empezaron a aparecer seis cartas de cada palo, y cartas con el símbolo de la raíz cuadrada y con signos de interrogación. Jonathan y la señora Zimmermann no estaban haciendo ningún truco. Aquellas insólitas cartas aparecían solas. Continuaron la partida mientras el reloj gigante hacía tictac y el armonio tocaba «Chopsticks» y las velas arrojaban sombras con forma de frutas y flores, o simples manchas amarillas sobre el césped gris bañado en luz de luna.

Fue pasada media hora de partida cuando Lewis tomó una carta y se dio cuenta de que tenía ante él el As de Bobos. Ahí estaba. En lugar de tréboles o corazones, tenía mazorcas de maíz y pimientos verdes por todas partes. En el centro había un hombre con cara de lelo y un birrete, un sombrero plano como los que los profesores universitarios se ponen en las ceremonias de graduación. Tenía helado amontonado sobre el sombrero y el profesor lo estaba probando con el dedo índice.

Lewis enseñó la carta.

—¡Claro que es ése! —exclamó Jonathan—. ¡El As de Bobos! Lo reconocería en cualquier parte. Ahora, ¿puedes explicarnos qué significa, Lewis?

—Significa que tienes que pegártelo en la frente con un trozo de chicle. Aquí tienes —Lewis se sacó el trozo que había estado mascando y se lo ofreció a su tío Jonathan.

—¡Mil gracias! —dijo Jonathan. Se presionó la carta contra la frente—. ¿Ahora qué?

—Ahora tienes que subir, acicalarte y bajar con la bola 8, como dice en las instrucciones.

—Mmm. Sí. Es verdad. Nos vemos, colegas.

Jonathan subió al primer piso. Estuvo allí mucho rato. Tanto, que el armonio empezó a tocar «Stars and Stripes Forever» de puro aburrimiento. La señora Zimmermann estaba sentada y tamborileaba con los dedos sobre la mesa. Mientras tanto, Lewis hacía lo mismo que siempre cuando esperar a alguien lo ponía nervioso: dar golpecitos en los costados de la silla, balancearse de atrás hacia adelante y menear la pierna derecha.

—Bueno, ¡aquí me tienen!

La señora Zimmermann y Lewis alzaron la vista. En lo alto de las escaleras estaba Jonathan. A modo de capa vestía una colcha hecha a base de locos estampados de tela y en la cabeza llevaba puesta una floreada funda para la tostadora que le había tejido la señora Zimmermann. El As de Bobos seguía pegado a su frente, y en la mano llevaba un pequeño objeto redondo y negro. Mientras bajaba las escaleras, el armonio empezó a tocar «Pomp and Circumstance», pero no tardó en cansarse y empezar a reproducir anuncios de radio.

Pida Cuticura,
aromática y pura
con un poco de medicina,
¡buena para usted y su veciiiina!

Gasolina súper de 100 octanos de Clark
nuestros clientes dicen que no tiene igual.
Del Medio Oeste, los mayores vendedores,
¡tenemos nuestros propios dispensadores!

Super Suds, Super Suds,
más espuma con Super Suuuds.
Mejor fragancia, más duradera
con Super Suds, limpieza verdadeeera.

Con aquel solemne acompañamiento, Jonathan avanzó hacia la mesa del comedor y depositó en ella la bola negra. Era uno de esos juguetes que predicen el futuro con forma de bola de billar gigante, de esos que se compran en las tiendas de todo a diez centavos. La bola estaba llena de líquido y, al agitarla, unos fantasmagóricos carteles blancos aparecían flotando por la ventanita. Sólo había tres opciones: «sí», «no» y «quizá».

—¿Y ahora qué? —preguntó Jonathan.

—Pregúntale —respondió Lewis.

—¿Preguntarle qué? —Jonathan se había quedado en blanco.

—¡Por la circunferencia de la luna, bobo barbudo! —exclamó la señora Zimmermann—. ¡O en dónde olvidé el sombrero después de la Exposición Universal de Chicago! Piénsalo un segundo, Jonathan. ¿Qué querrías preguntarle?

—¿Dónde está el reloj? —preguntó Jonathan en voz bajita.

Un estallido de aplausos mecánicos llegó desde el salón principal. Era el órgano, haciéndose el listo como siempre. Jonathan le sacó la lengua por encima del hombro. Luego se volvió hacia la mesa donde estaba apoyada la bola 8. La agarró con cuidado y reverencia. La sostuvo como si fuera un micrófono y le habló.

—¿Dónde está el reloj?

La ventanita oscura siguió oscura. Jonathan sacudió la bola hasta que el líquido que contenía empezó a espumear.

—¿Dónde está el reloj? —exclamó, y repitió la pregunta en griego, en latín, en francés, en alemán y en egipcio del Imperio medio. Pero ni siquiera así obtuvo respuesta.

—Hablas fatal francés —dijo la señora Zimmermann, quitándole la bola de las manos—. A ver, déjame probar.

Sujetando la bola bajo una esquina de la capa, como si quisiera protegerla de la lluvia, la señora Zimmermann balbuceó en bengalí, ugrofinés, euskera, alto nórdico antiguo y ge'ez. Usó todas las órdenes para liberar los secretos de la piedra especular preferidos de Regiomontano, Alberto Magno y el conde de Cagliostro. Nada pasó.

—¿Puedo probar? —preguntó Lewis. Su voz sonaba tímida y débil.

La señora Zimmermann lo miró. Le brotaba sudor de todas las arrugas del rostro. Tenía los ojos desencajados.

—¿Qué dijiste?

—Me preguntaba si podía probar. Ya sé que yo no soy mago ni nada, pero la bola es mía. La compré en Chicago y...

—¡Claro! —exclamó la señora Zimmermann, golpeando la mesa con el puño—. ¡Claro! ¡Qué idiotas somos! Como cualquier objeto mágico, sólo responde a su dueño. Toma. ¡Pero date prisa! —le puso la bola en las manos.

El volumen del tictac del reloj se había atenuado, pero ahora iba más rápido.

Lewis sostuvo el juguete mágico frente a su rostro. Su voz sonaba suave y tranquila.

—Por favor, dinos dónde está el reloj —susurró.

Se produjo un movimiento en el interior de la bola. El «sí» flotó en el vacío como un periódico fantasmagórico agitado por un viento negro. Desapareció. Lo mismo hicieron el «NO» y el «QUIZÁ». Al final, tras varios minutos de tensión, apareció un cartelito en el que se leía «MINA DE CARBÓN».

—Dice «mina de carbón» —la voz de Lewis ahora sonaba apagada y muerta. Agachó la cabeza.

—¿Puedo ver la bola? —pidió Jonathan, en tono cariñoso. Lewis se la tendió.

Jonathan levantó la bola hacia la luz. Arrugó la frente y el As de Bobos cayó ondeando al suelo.

—Sí, no hay duda de que dice «mina de carbón». ¿Mina de carbón? ¿Mina de carbón? ¿Qué demonios quiere decir con mina de carbón? —Jonathan le dedicó una mirada furiosa a la esferita brillante. Estaba empezando a considerar lo agradable que sería estrellar aquel condenado objeto contra la repisa de la chimenea.

De repente, la bola hipó. Jonathan se apresuró a mirarla de nuevo y vio que la ventanita estaba llena de burbujas.

—¡Ay, santo cielo! Mira esto, Florence. Ahora se cree una lavadora Bendix. ¿Deberíamos sacar el tablero de ouija?

—Espera un momento —dijo la señora Zimmermann—. Parece que las burbujas están empezando a deshacerse.

Lewis, Jonathan y la señora Zimmermann contemplaron sin aliento cómo las burbujitas estallaban una a una. Plop, plop, plop. Les pareció que tardaban una eternidad. Mientras tanto, el reloj seguía sonando.

Finalmente, la ventanita se despejó. Ahora el cartelito decía «DEPÓSITO DE CARBÓN».

—¡Ah, genial! —dijo Jonathan—. ¡Absolutamente genial! ¡Ahora dice «depósito de carbón»! Qué gran avance.

—¿Tienes un depósito de carbón? —le preguntó la señora Zimmermann.

Jonathan la miró con fastidio.

—¡Claro que no, Florence! Deberías saberlo. Acuér-
date, lo cambié por uno de aceite cuando compré esta...
¡Ah! ¡Ah! —Jonathan se llevó las manos a la boca—. ¡Ah!
¡Creo que ya entiendo! Vengan. Vamos al sótano.

Lewis y la señora Zimmermann siguieron a Jonathan
hasta la cocina. Jonathan abrió la puerta de la bodega y
retrocedió de un brinco, como si le hubieran dado un
golpe. Allí el tictac era atronador.

Jonathan miró a la señora Zimmermann. Tenía el rostro demacrado y los ojos abiertos de par en par de puro
miedo.

—¿Llevas tu paraguas, Florence? Bien. Pues allá vamos.

El antiguo depósito de carbón se encontraba en una
esquina tiznada del sótano. Dos de las paredes estaban
formadas por planchas negras, clavadas a unas columnas
de madera medio comidas por las termitas. Las otras dos
paredes eran de piedra encalada, y acumulada contra una
de ellas había un gran montón de carbón. Ya estaba allí
cuando Jonathan se había mudado y siempre había tenido intención de sacarlo del sótano, pero nunca lo había
hecho.

—Sin duda, me llevo el premio al más idiota —dijo
en voz baja.

Jonathan estiró los brazos y empezó a cavar con una
pala. Lewis y la señora Zimmermann le ayudaron con
las manos. No tardaron mucho en apartar todo el carbón
de la pared.

—No parece que haya ninguna puerta secreta —dijo
Jonathan, palpando la pared en busca de resortes o palancas

escondidas—. Aunque, claro, si lo pareciera, no sería secreta, ¿no? Mmm… No, nada. Me temo que vamos a tener que usar el pico. Apártense.

Lewis y la señora Zimmermann se alejaron lo más posible de la pared y Jonathan empezó a picar. Para entonces, el tictac sonaba apresurado y entrecortado y los golpes del pico eran como fuertes redobles que acompañaban su ritmo. Cada arremetida arrojaba grava de un blanco grisáceo en todas direcciones. Pero fue una tarea mucho más fácil de lo que nadie hubiera podido pensar. La pared empezó a temblar y desmoronarse desde el primer golpe y aquella masa de aspecto robusto no tardó en quedar reducida a polvo sobre el duro suelo de tierra del sótano. Y es que no era una pared de verdad, sino un muro falso de yeso. Lo que había tras él era una deteriorada y antigua puerta de madera, con un pomo de porcelana negra. Había una placa metálica en el lugar de la cerradura, pero ningún hueco donde introducir una llave.

Jonathan apoyó el pico contra una columna y retrocedió.

—¡No pierdas el tiempo! —dijo la señora Zimmermann, nerviosa—. ¡Abre esa puerta! Tengo la sensación de que estamos al borde mismo del desastre.

Jonathan se quedó allí, inmóvil, frotándose la barbilla. Exasperada, la señora Zimmermann lo agarró del brazo y empezó a sacudírselo.

—¡Date prisa, Jonathan! ¿Qué demonios estás esperando?

—Estoy intentando pensar en hechizos para abrir puertas. ¿Conoces alguno?

—¿Por qué no giramos el pomo? —dijo Lewis—. Igual no está cerrada.

Jonathan estaba a punto de decir que no había oído algo tan estúpido en su vida, pero no tuvo oportunidad de hacerlo. La puerta se abrió sola.

Jonathan, la señora Zimmermann y Lewis se quedaron mirando el hueco. Estaban contemplando un largo pasillo, un corredor más parecido en realidad a la galería de una mina y sostenido por estructuras de madera que iban haciéndose cada vez más pequeñas en la lejana oscuridad. Algo difuso y gris se movía en el extremo del túnel. Parecía estar acercándose.

—¡Miren! —exclamó Lewis.

Pero no estaba señalando la silueta gris. Señalaba algo apoyado en la base del túnel, justo a sus pies.

Un reloj. Un reloj corriente, antiguo, de la casa Waterbury, con capacidad para ocho días de cuerda.

El péndulo oscilaba desquiciado tras la puertita de cristal y sonaba como un enloquecido contador Geiger de radiactividad.

—Cuánto me alegro de que me ahorraran todo el trabajo —dijo una voz tras ellos.

Jonathan y la señora Zimmermann se dieron media vuelta y se quedaron petrificados. Petrificados de verdad. No podían mover las manos ni los pies ni la cabeza. Ni siquiera podían menear las orejas. Estaban completamente paralizados, aunque podían seguir viendo y oyendo.

Frente a ellos estaba la señora Izard. O la señora O'Meagher, o como se la quisiera llamar. Llevaba una capa de terciopelo negro con un broche de marfil en el cuello. El broche lucía una omega griega en relieve. En la mano derecha, la anciana llevaba una vara negra y lisa y, en la izquierda, algo semejante a una mano cortada de cuyo dorso surgía una vela encendida. Círculos de una luz amarilla y concéntrica irradiaban de la mano y, entre ellos, Jonathan y la señora Zimmermann vieron los lentes de la señora Izard, que parecían dos láminas de pizarrón gris.

—Espero que no se hayan cansado demasiado, queridos míos —dijo la anciana en tono malvado y desdeñoso—. De verdad que no. De lo contrario, deben saber que todo fue por una buena causa. No podría haber hecho nada de esto sin ustedes. Absolutamente nada. Porque, verán, desde que me liberaron, he conseguido atravesar paredes y puertas, pero estas pobres y viejas manos mías no eran capaces de manejar herramientas. Hasta tuve que hacer que el señor Mangomartillo buscara esto para mí —soltó la varita (que se sostuvo en el aire por sí misma) y tanteó las profundidades de los pliegues de su capa. Lo que sacó fue una llave de cobre verduzca. La levantó y la hizo girar en el aire—. Bonita, ¿verdad? Le dije dónde buscar, pero fue él quien tuvo que hacerlo. Se le da muy bien cumplir órdenes y me facilitó mucho mantener más o menos arreglada la casa de enfrente. Pero, lástima para ustedes, todo eso ya terminó. Cayeron en mis redes justo como pensé que lo harían. ¿De verdad creías que me habías derrotado, estúpida y vieja urraca? Lo único que hiciste fue adelantar el Día del Juicio. Y ahora está a punto de suceder. Mi amo y señor viene a nuestro encuentro. Y, cuando llegue, el mundo será muy distinto. Muy distinto, lo puedo asegurar. Déjenme ver… Ustedes dos serán los primeros en transformarse, creo —señaló a Jonathan y luego a la señora Zimmermann—. Sí, así será. Ustedes dos primero, para que Sonny, aquí presente, pueda verlo. Tú también quieres ver, ¿verdad, Lewis?

Lewis aún le daba la espalda a la señora Izard. Estaba tan quieto como el maniquí de una tienda de ropa.

—Date la vuelta, Lewis —dijo la señora Izard, con aquella tierna voz maléfica que había usado desde su aparición—. ¿No quieres darle un besito a tu vieja tía Izard?

Él no se movió.

—Vamos, Lewis, te lo ordeno. No seas estúpido. Al final, sólo conseguirás que las cosas empeoren para ti. ¡Te dije que te des la vuelta!

A Lewis se le tensó el cuerpo entero y, entonces, echó a correr hacia el túnel. Tomó el reloj, que había empezado a hacer esos zumbiditos que hacen cuando están a punto de dar la hora.

—¡Detente, niño! —gritó la señora Izard—. ¡Detente, sucio cerdo gordinflón! Te convertiré en algo que ni tu propia madre… ¡No te atrevas! ¡No…!

Lewis tiró el reloj a suelo. Los muelles sueltos restallaron, los engranajes repiquetearon, la madera se astilló y las esquirlas de cristal tintinearon. Lewis extendió un brazo hacia los restos del reloj y arrancó el péndulo del mecanismo del aparato, que seguía zumbando con furia. En ese momento, la silueta que se erigía a apenas unos cuantos metros de Lewis, la de un hombre anciano vestido con un raído traje negro de domingo, se desvaneció. Entonces se escuchó un chillido espantoso, un sonido potente e inhumano, como el de una sirena a todo volumen. El chillido se apoderó del aire, que pareció teñirse de rojo. Lewis se tapó los oídos, pero lo tenía dentro de la cabeza, en el tuétano de los huesos. Y, entonces, desapareció.

Se dio media vuelta. Allí estaba Jonathan, sonriendo y parpadeando para intentar aclararse las lágrimas de los ojos. Allí estaba la señora Zimmermann, con una sonrisa más amplia aún . Y, tras ellos, en el suelo de la bodega, bajo un foco oscilante sin pantalla, yacía un montón arrugado de tela negra. Un cráneo amarillento los miraba desde lo alto del montículo, los miraba con la mandíbula abierta en una expresión de sorpresa. Unas cuantas hebras de pelo gris se aferraban a los surcos del cráneo liso, y sobre las cuencas vacías se posaban un par de lentes sin montura. Los cristales habían estallado.

CAPÍTULO ONCE

Tres días después de la aniquilación de la señora Izard y de su reloj mágico, Jonathan, la señora Zimmermann y Lewis estaban sentados alrededor de una hoguera, a la entrada de la casa del número 100 de High Street. La noche era fresca y las frías estrellas llenaban el cielo, pero la hoguera ardía con un tono naranja brillante y cálido. La señora Zimmermann tenía una olla de cerámica llena de chocolate humeante junto a ella. La acercó al fuego para que se mantuviera caliente. Jonathan y Lewis miraban las llamas y daban sorbitos a sus respectivas tazas de chocolate. Sabía muy bien.

Jonathan tenía en el regazo el montón de papeles polvorientos de Isaac Izard. De vez en cuando tomaba uno y lo lanzaba al fuego. Lewis contempló cómo las llamas lamían los bordes de cada hoja para luego ennegrecerlas y, finalmente, hacer que se enroscaran en suaves bolas de cenizas.

Pasado un rato, Lewis dijo:

—¿Tío Jonathan?

—¿Sí, Lewis?

—¿De verdad iba la señora Izard a hacer que se terminara el mundo?

—Por lo que yo sé, sí —respondió Jonathan—. Y lo habría hecho si no le hubieras estropeado el reloj. Pero dime una cosa, Lewis, ¿por qué no te diste media vuelta cuando lo hicimos nosotros?

Lewis le dedicó una amplia sonrisa.

—Miré la puerta de cristal del reloj, vi el reflejo de lo que sostenía la señora Izard y supe que era una mano de la gloria. Stoddard habla mucho sobre ellas.

—Me alegro de que así sea —dijo la señora Zimmermann—. Un solo vistazo a la mano y te hubieras quedado igual de paralizado que nosotros. Pero, aun así, demostraste mucho coraje al entrar ahí y destrozar el reloj. Al fin y al cabo, no sabías lo que pasaría cuando lo hicieras.

Lewis guardó silencio. Siempre había pensado que el coraje se medía en atravesar hogueras con la bicicleta y colgarse de las ramas de los árboles con las rodillas.

La señora Zimmermann agarró una bandeja de galletas con chispas de chocolate y fue pasándola. Jonathan tomó dos y Lewis, varias. Durante un rato, mientras todos comían y bebían, se quedaron en silencio. Jonathan echó más papeles al fuego.

Lewis echó un vistazo alrededor y se quedó mirando la oscura casa de enfrente.

—¿Creen que la señora Izard podría… volver algún día? —preguntó con voz quebrada.

—No —respondió Jonathan, sacudiendo la cabeza con seriedad—. No, Lewis. Creo que cuando destrozaste el reloj de las paredes, destruiste también cualquier poder que ella pudiera tener en este mundo. Aunque, sólo por asegurarme, devolví sus restos al mausoleo y cerré las puertas con un candado reluciente y nuevecito. Un candado encantado con hechizos. Eso debería retenerla un tiempo.

—¿Y qué pasa con los Hanchett? —preguntó Lewis—. Me refiero a si van a volver a vivir en su casa.

Jonathan guardó silencio un momento antes de hablar. Hizo chasquear los clips de la cadena de su reloj.

—Creo que sí —dijo, por fin—. Pero habrá que hacer algunos rituales antes de que regresen. Cuando un espíritu impuro habita una morada, deja tras de sí un aura malvada.

—Hablando de auras malvadas y espíritus impuros —intervino la señora Zimmermann—, ¿tienes idea de lo que pudo pasarle a Mangomartillo?

El rostro de Jonathan se tornó lúgubre por un instante. Había hecho algunas elucubraciones sobre el destino del hombre, pero se las guardado para sí. Para empezar, sabía que se necesitaba la sangre de un hombre ahorcado para fabricar una mano de la gloria.

—No tengo idea —respondió Jonathan, negando con la cabeza—. Parece que se desvaneció de la faz de la Tierra.

De repente, Lewis se retorció e hizo crujir de nuevo su asiento. Estaba a punto de decir algo.

—¿Tío… Jonathan? —tenía la voz seca y cavernosa.

—¿Sí, Lewis? ¿Qué pasa?

—Yo…, yo liberé a la señora Izard de la tumba.

Jonathan sonrió con serenidad.

—Sí —respondió—. Sabía que habías sido tú.

Lewis se quedó boquiabierto.

—¿Cómo lo sabías?

—Dejaste la linterna en el cementerio. La encontré sobre un montón de hojas cuando fui a devolver los restos de la señora Izard a su tumba.

—¿Me vas a mandar al reformatorio? —preguntó Lewis con vocecilla asustada.

—¿Si voy a qué? —exclamó Jonathan, mirándolo con incredulidad—. Lewis, pero ¿qué tipo de ogro piensas que soy? Y, además —añadió con una súbita sonrisa—, ¿por qué debería castigarte por hacer lo mismo que yo intenté cuando era niño? Igual que tú, yo empecé a mostrar interés por la magia muy pronto. Supongo que lo llevamos en la sangre. Yo trataba de impresionar a una chica. Tú querías conservar la amistad de Tarby. ¿No es así?

Lewis asintió con tristeza.

—Por cierto, Lewis —dijo la señora Zimmermann—. ¿Qué tal se llevan Tarby y tú últimamente?

—No demasiado bien —respondió Lewis—. No creo que Tarby y yo estemos hechos para ser amigos. Somos muy distintos. Pero no importa.

—¿Que no importa? —saltó Jonathan—. ¡Pues claro que importa! ¡Mocoso engreído…! —y se calló, porque vio que Lewis sonreía con suficiencia. Jonathan enarcó las cejas de tal modo que parecían dos orugas procesionarias apareándose—. ¡Lewis Barnavelt! —gruñó—. ¿Me estás ocultando algo?

Lewis intentaba contener la risa nerviosa con todas sus fuerzas.

—Oh, nada importante, tío Jonathan —dijo—. Sólo que tengo una nueva amiga.

—¿Queee tienes quééé? —preguntaron Jonathan y la señora Zimmermann al unísono.

—Sí. Se llama Rose Rita Pottinger, y vive en Mansion Street. Se sabe los nombres de todos los tipos de cañones que hay. ¿Quieren oírlos? Sacre, medio sacre, falconete, culebrina...

—¡Aaaah! —exclamó Jonathan. Arrojó dos puñados de papel al fuego—. No me digas más. Una experta en artillería isabelina. Prométeme una cosa, Lewis.

—¿Qué?

—Que, si la pequeña Rosie y tú deciden montar una fundición de cañones en el sótano, nos avisarás antes a la señora Zimmermann y a mí para que así podamos irnos a visitar a mi familia en Osee Five Hills, ¿de acuerdo?

Lewis rio divertido.

—Claro, tío Jonathan. Les avisaré.

Jonathan apuntó hacia la hoguera con su pipa. Las hojas se revolvieron, inquietas, y luego se acumularon en una gran bola negra. La hoguera se convirtió en una calabaza de Halloween iluminada. Entonces los tres se turnaron para lanzar castañas a los ojos, la nariz y la boca del feroz fuego. ¡Pop! ¡Pop! ¡Pop! Las castañas iban estallando en cadena, como descargas de mosquete.

Jonathan, Lewis y la señora Zimmermann se quedaron hablando alrededor de la hoguera hasta que el ceñudo rostro naranja se desmoronó con un ligero chiflido. Entonces se levantaron, se estiraron y, cansados, se fueron a dormir.

Otros títulos en
Alfaguara...

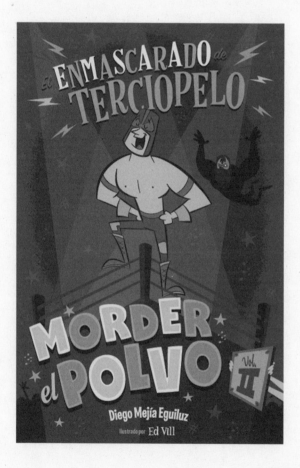

La casa con un reloj en sus paredes de John Bellairs
se terminó de imprimir en septiembre de 2018
en los talleres de
Litográfica Ingramex, S.A. de C.V.
Centeno 162-1, Col. Granjas Esmeralda, C.P. 09810,
Ciudad de México.